# RAISON D'ÊTRE

## MISTER MARS

## J. KENNER

AUTEURE DE BEST-SELLERS CLASSÉS AU NEW YORK TIMES

Te désirer

T'enflammer

T'envoûter

# L'HOMME DU MOIS

## *Qui sera votre Homme du mois ?*

Lorsqu'un groupe d'amis à la détermination farouche apprend que son bar préféré risque de fermer ses portes, ils prennent les choses en mains pour faire revenir les clients séduits par la concurrence. Investis d'une énergie vibrante, ils ripostent sous la forme d'épaules larges, de tablettes de chocolat et de torses nus : ceux d'une douzaine d'hommes du coin qu'ils tentent de convaincre, par la douceur et par la force, de participer au concours de l'Homme du mois pour leur grand calendrier.

Mais le sort de leur bar n'est pas le seul enjeu. Au fur et à mesure que la température monte, chacun des hommes va rencontrer sa moitié dans cette série de douze romances sexy et légères que vous ne pourrez pas lâcher jusqu'à la dernière page, sous la plume de J. Kenner, auteure de best-sellers classés par le New York Times.

*— Chacun de ces tomes aborde une intrigue qu'on adore retrouver dans les romances – la belle et la bête, le bad boy milliardaire, l'amitié transformée en amour, l'histoire de la seconde chance, le bébé secret et bien plus encore – pour une série qui touche au cœur et à l'âme de la romance.* — Carly Phillips, auteure de best-sellers classés par le New York Times

Ne manquez aucun tome de la série pour savoir à quel homme du mois ira votre préférence !

Droit au cœur - Mister Janvier

Vague à l'âme - Mister Février

Raison d'être - Mister Mars

Coup de sang - Mister Avril

État d'âme - Mister Mai

Droit au but - Mister Juin

Au beau fixe - Mister Juillet

Diable au corps - Mister Août

Cri du cœur - Mister Septembre

Corps à corps - Mister Octobre

État d'esprit - Mister Novembre
Force d'âme... - Mister Décembre

**Chaque tome de la série est un roman indépendant qui ne laisse pas le lecteur sur sa faim et se termine toujours bien !**

# RAISON D'ÊTRE

*— MISTER MARS —*

## J. KENNER

Traduit de l'anglais par Esther Dujolier pour
Valentin Translation

-*Raison d'être* - Original publié en anglais en 2018 sous le titre *Need You Now*
-*Raison d'être*, Copyright © 2018 Julie Kenner
-Extrait de *Coup de sang*, Copyright © 2018 Julie Kenner
- Extrait de *Nos adorables mensonges* (Lovely Little Liar) Copyright © 2017, 2019 Julie Kenner

- Traduit de l'anglais par Esther Dujolier pour Valentin Translation
- Conception graphique de la couverture par Michele Catalano, Catalano Creative
- Image de la couverture par AllaSerebrina (Deposit Photos)

ISBN : 978-1-949925-66-1

Publié par Martini & Olive Books
V-2020-4-1-P

# UN

— Toi, mon pote, tu as de sacrées grosses couilles !

Impassible, Cameron Reed but une longue gorgée de bière en regardant le doigt pointé droit sur son visage. Il était assis près de la fenêtre au *Fix*, un bar populaire d'Austin où il travaillait comme barman quand il n'était pas à l'université.

Le doigt en question appartenait à Nolan Wood, un animateur de la radio locale et habitué du *Fix*.

— Je peux savoir ce que vaut un si beau compliment à mon ami ?

C'était Darryl Silver qui venait de parler, le meilleur ami de Cameron depuis leur enfance. Darryl était de retour en ville après avoir obtenu son diplôme de droit.

— Ça me paraît clair, non ? fit Cameron en

basculant sur sa chaise et en prenant son paquet à une main. Tout simplement parce que je le mérite ! lança-t-il avec un large sourire.

— Les allégations de mon ami sont-elles vraies ? demanda Darryl à Nolan.

— Ça y est, il nous refait son avocat ! plaisanta Cameron.

Darryl fit un doigt d'honneur à son ami en souriant.

— Je te rappelle que même s'il n'a pas été élu Mister Février, répondit Nolan, ses couilles ont quand même fait sensation !

Cameron attrapa l'un des beignets dans le panier devant lui et n'en fit qu'une bouchée. Même lorsqu'il ne travaillait pas, il passait ses journées au *Fix*, à la fois près de l'université et de la petite maison où sa sœur et lui avaient grandi. Il aimait y déjeuner ou simplement y passer du temps avec ses amis.

À l'autre bout du bar, Tiffany, l'une des serveuses, croisa son regard. Elle était en train de déposer des boissons et des hamburgers sur une table de clients. Cameron leva sa bière dans sa direction afin de lui en commander une autre. Même si *Le Fix* était davantage fréquenté le soir, un certain nombre d'habitués venaient y déjeuner presque tous les jours.

Cameron s'avachit à nouveau sur sa chaise, imitant la posture détendue de Nolan.

— Tu sais, dit-il, je ne pense pas avoir fait sensation. C'était plus une déclaration.

— C'est vrai ! s'exclama Nolan en riant. *Intermède comique*, ajouta-t-il en secouant la tête, comme s'il se remémorait un souvenir amusant. Ça t'allait parfaitement !

— Je ne vois pas du tout de quoi vous parlez, répondit Darryl en posant son rhum-coca. Intermède comique ? Mister Février ? Qu'est-ce que...

Il s'interrompit.

— Oh, attendez, reprit-il en se tournant vers Cameron. Il s'agit de l'élection de l'homme du mois, c'est ça ? Mina m'en a parlé.

En entendant le prénom de la sœur jumelle de Darryl, Cameron sentit son estomac se nouer et une excitation monter en lui. Il avait toujours eu le béguin pour elle, même s'il ne s'en était pas immédiatement rendu compte. Pendant longtemps, Mina n'avait été pour lui que la sœur de son meilleur ami, que Darryl et lui persécutaient à coups de moqueries et de taquineries. Mais il avait fini par réaliser que, lorsqu'il allait chez Darryl, c'était moins pour le plaisir de jouer aux jeux vidéo avec son meilleur ami que pour avoir une chance de passer un peu de temps avec sa sœur, dont le sourire doux et le sens de l'humour décalé lui plaisaient de plus en plus.

Un jour, il l'avait vue se balader avec Tony Renfroe, un quart-arrière de l'équipe de football américain du lycée qui faisait souvent la une du journal local. Ce jour-là, le monstre qui était en lui s'était réveillé. Il avait eu envie de tuer Tony et de le faire disparaître de la vie de Mina. Mais il s'était abstenu.

Mina avait alors fini par sortir avec Tony. Puis Alex. Puis Roger. Puis beaucoup d'autres... Mais jamais Cameron, dont l'attirance n'avait fait que croître, passant des rêves innocents de l'adolescence à ceux, plus virulents, de l'âge adulte. Il lui arrivait souvent de se réveiller avec une excitation telle que même une douche froide ne suffisait pas à l'apaiser...

— C'est ça ! confirma Nolan. L'élection de Mister Février a eu lieu mercredi dernier. Ce n'était que la deuxième élection qu'organisait *Le Fix*, mais l'événement fait déjà beaucoup de bruit en ville. Ça marche du tonnerre !

Darryl était sur le point de dire quelque chose, mais Cameron prit la parole avant lui, soulignant que ce concours et tous les autres événements mis en place par *Le Fix* pour renflouer les caisses du bar avaient beaucoup de succès.

En tant que barman, Cameron ne disposait que des informations que Tyree, le propriétaire du bar, voulait bien lui donner, mais il savait que *Le Fix* connaissait des difficultés financières depuis que d'autres bars appartenant à de grandes enseignes s'étaient installés dans le quartier, proposant des tarifs moins élevés et des serveuses plus dénudées. Tyree avait récemment réuni les employés pour les informer que, si les recettes n'augmentaient pas avant la fin de l'année, *Le Fix* risquait de fermer ses portes et qu'il s'était associé à Reece Walker, Brent Sinclair et Jenna Montgomery pour essayer de remonter la pente.

Reece, le gérant du bar, était le supérieur direct de Cameron. Ancien flic, Brent était en charge de la sécurité. Quant à Jenna, sa formation en marketing lui avait permis de mettre en place toute une série de modifications et d'événements destinés à augmenter les revenus et la fréquentation du bar, et à en faire l'endroit de référence de la ville. C'était notamment grâce à elle que *Le Fix* participait à *Réno Boutique*, une émission de télévision qui aidait les restaurants en difficulté en leur offrant un relooking intégral.

Cameron voyait d'un très bon œil cette participation à l'émission. Elle faisait une excellente publicité au *Fix*, mais elle lui permettait surtout de voir Mina plus souvent. En effet, l'objet de ses rêves faisait un stage pour l'émission et se trouvait donc sur le plateau de tournage presque tous les jours. Cameron adorait la regarder, moulée dans son jean et le sourire aux lèvres, évoluer entre le personnel du bar et l'équipe de tournage.

L'une des raisons pour lesquelles *Le Fix* avait été sélectionné par la production était justement l'élection de l'homme du mois qu'il organisait. La chaîne y avait vu l'opportunité d'augmenter les audiences. Mais l'inverse était également vrai : grâce à la participation du bar à l'émission, le concours était désormais un véritable succès. Non seulement le nombre de participants avait bondi, mais en plus, des stars du fitness, des acteurs et des mannequins s'y étaient également inscrits, attirant de plus en plus de clientes venues admirer les participants sans hésiter à consommer.

Le concours était devenu si populaire que les clients faisaient la queue pour pouvoir y assister et Cameron n'avait jamais autant travaillé que lors des deux premiers concours. D'ailleurs, il était prêt à renouveler sa participation au concours uniquement pour échapper au travail pendant une bonne heure, comme ce fut le cas le mercredi précédent, quand il avait concouru pour l'élection de Mister Février.

— Tu as vraiment fait ça ? Toi ? s'étonna Darryl.

Déambuler torse nu sur une scène, c'était son style, mais il n'aurait jamais imaginé que Cameron en soit capable.

— Cameron Reed. Bibliothécaire intello le jour ; star du porno la nuit, fit-il mine d'annoncer avec une voix grave de présentateur.

— Star du porno ? répéta Cameron en hochant la tête. J'imagine que je dois mon succès à mes « sacrées grosses couilles », plaisanta-t-il.

— Bibliothécaire ? s'exclama Nolan en riant si fort qu'il faillit cracher sa bière sur ses deux amis.

— Je te jure que c'est vrai, répondit Darryl. « Intello » peut-être moins, ajouta-t-il en riant.

— Des livres et des manuscrits rares, précisa Cameron à Nolan en levant les yeux au ciel. Je ne sais pas pourquoi Darryl adore me charrier avec ça !

Darryl avait toujours pensé que Cameron choisirait de devenir avocat, comme lui et la plupart de leurs amis. Mais il avait préféré faire de brillantes études d'histoire et s'était spécialisé en bibliothéconomie. Ce n'était peut-être pas aussi sexy que d'être un ténor du barreau, mais cela correspondait à son goût pour le détail, le passé, les livres et l'odeur du vieux cuir. Il venait de terminer son master et avait obtenu une bourse confortable pour entamer un cycle de doctorat dès la rentrée suivante.

— … je n'arrive pas à t'imaginer concourir pour être élu Mister du mois, renchérit Darryl.

— Pardon, quoi ? fit Cameron qui semblait ne plus suivre la conversation.

— Toi, en train de traverser la scène… c'est très surprenant ! continua Darryl, sans prendre conscience que Cameron avait perdu le fil. Même si on sait tous les deux que tu es ultra sexy.

Il se tourna vers Nolan.

— Cameron est mon meilleur ami et j'ai toujours préféré la gent féminine, mais ça ne veut pas dire que je ne peux pas juger de la qualité de la marchandise. Enfin, tu as vu ses épaules ? Ses abdos parfaits ? Et je ne te parle même pas de son cul. J'ai raison, non ?

— Absolument, rétorqua Nolan. Et je dis ça en tant qu'hétéro de la première heure !

— Tu vois ? reprit Darryl en se tournant à nouveau vers Cameron qui semblait trouver ses deux acolytes ridicules. Tu es un dieu vivant. D'ailleurs, les clientes te le font suffisamment comprendre. Mais tu n'es pas du tout le genre de mec à donner tes muscles en pâture ! Qu'est-ce qui t'a décidé ?

— Si tu veux tout savoir, répondit Cameron, c'est ta sœur. Elle a tellement insisté pour que je participe que, très vite, tout le monde dans le bar m'a supplié de retirer ma chemise et de monter sur scène.

— C'est vrai que Mina peut être convaincante quand elle veut, admit Darryl. Pas facile de lui résister...

*Il ne pensait pas si bien dire...*

Lorsque Mina avait insisté pour que Cameron participe au concours, il avait espéré qu'elle l'imaginait comme lui l'imaginait, elle : la poitrine nue, en sueur et sous des draps. Il aurait adoré qu'elle fasse partie des clientes qui, comme l'avait rappelé Darryl, lui faisaient de l'œil toute la journée. Mais ce n'était pas le cas et Cameron le savait. Mina le considérait comme un ami. Elle s'amusait juste à le taquiner pour qu'il se lâche un peu – malheureusement pas avec elle.

Après avoir réalisé qu'il n'y avait rien de personnel dans le fait que Mina l'encourage à concourir, l'idée de se pavaner torse nu devant tout le monde lui avait semblé carrément décourageante. Mais il n'avait pas eu d'autre choix que de se lancer, car sinon, tout le monde au *Fix* lui aurait collé une étiquette de poule mouillée.

— Tu aurais dû le voir, expliqua Nolan à Darryl. On avait l'impression qu'il glissait littéralement sur le tapis rouge tellement sa démarche était fluide.

Quand il a enlevé sa chemise, sa poitrine était recouverte de rouge à lèvres.

— *Intermède comique*, dit Darryl en applaudissant lentement son ami, avec une admiration amusée. Tu es génial, railla-t-il.

— Qu'est-ce que tu veux... il faut savoir se lâcher de temps en temps, répondit Cameron en faisant mine d'accepter le compliment.

— C'est exactement ce que je disais : de sacrées grosses couilles ! renchérit Nolan en passant une main dans ses cheveux. Il faut absolument que toi et tes couilles veniez dans mon émission ; vous allez cartonner ! Je vois ça d'ici... On pourrait même diffuser l'émission en direct sur les réseaux sociaux. Mes fans vont adorer.

— Je n'en suis pas sûr... répondit Cameron.

*Wood Matin*, l'émission quotidienne qu'animait Nolan, était l'une des plus écoutées de la ville. Cameron n'avait pas spécialement envie de partager son intimité avec tous les habitants d'Austin.

— Au fait, où est Mina ? demanda Cameron, autant pour changer de sujet que parce qu'il avait réellement envie de le savoir. Elle était censée être aux commandes de la caméra numéro deux aujourd'-hui, pendant que Brooke et Spencer travaillent sur l'installation de la grande table.

En effet, Brooke Hamlin et Spencer Dean, le couple phare de l'émission *Réno Boutique*, étaient en train de terminer l'installation d'une immense table qu'ils avaient construite la veille et qui devait séparer la scène du public. Quant aux deux caméramans, l'un d'eux avait dû se rendre à Los Angeles pour des raisons familiales et Mina, en tant que stagiaire, devait le remplacer.

Or elle n'était pas là. Cameron, qui savait à quel point Mina tenait à ce stage, ne put s'empêcher de s'inquiéter. Et quand il vit la tendresse avec laquelle Spencer caressait la nuque de Brooke, son envie de voir Mina en fut décuplée, même s'il savait qu'il ne pourrait pas la toucher d'une manière aussi intime.

— Darryl ? insista-t-il. Tu sais où elle est ?

— Bah, c'est Mina, répondit Darryl en haussant les épaules. Personne ne sait jamais où elle est, pas même moi qui suis son frère jumeau.

Cameron regarda par la fenêtre. Le soleil printanier inondait la rue et les passants se pressaient, retournant au travail après leur pause déjeuner. Soudain, il l'aperçut : elle était là, au milieu de la foule, aussi belle qu'une déesse.

Sa peau claire, illuminée par les rayons du soleil, lui donnait un aspect presque surnaturel. Ses cheveux courts couleur ébène mettaient en valeur ses pommettes saillantes. Avec ses grands yeux verts et sa silhouette élancée, elle ressemblait à Audrey Hepburn. D'ailleurs, Cameron regardait souvent *Sabrina*, le film préféré de sa grand-mère, et il s'imaginait dans le rôle de Bogart, séduisant la femme qui, au début, le remarquait à peine.

Elle marchait d'un pas vif, les yeux pétillants et le visage souriant. Elle semblait enjouée et heureuse, et Cameron se demanda ce qui lui donnait une telle joie. Égoïstement, il aurait aimé que ce soit lui, mais surtout, il espérait que ce n'était pas un autre homme.

Il craignit un instant qu'elle passe devant *Le Fix* sans s'y arrêter, mais elle finit par ouvrir la porte et fit irruption dans le bar, toujours aussi radieuse. Lorsque son regard croisa le sien, son cœur accéléra, mais ce n'était pas lui qu'elle cherchait.

— Tu es là ! s'exclama-t-elle en découvrant son frère. Pourquoi tu ne m'as pas envoyé de texto ? ajouta-t-elle en se dirigeant vers Darryl pour le prendre dans ses bras.

Elle prit une chaise libre et s'assit entre Darryl et Cameron.

— Je voulais te faire la surprise, bécasse, la taquina Darryl.

— Tu te moques de moi ? Papa et moi, on sait

que tu dois venir depuis des mois. Ce n'est pas vraiment ce que j'appelle une surprise.

— Objection, votre honneur, fit Darryl en feignant une plaidoirie. J'aimerais rappeler à la Cour que la femme qui vient de rentrer avait l'air très surprise, au contraire.

— J'aimerais beaucoup savoir qui l'a convaincu de faire du droit ! soupira Mina d'un air faussement exaspéré.

— Je me suis convaincu tout seul, déclara Darryl en souriant.

— Exact ! répondit-elle avec un clin d'œil. J'aurais d'ailleurs deux mots à te dire...

Avant que Darryl ne poursuive cette joute verbale, Mina se tourna vers Cameron et Nolan pour les inclure dans la conversation.

— Bon, je n'ai pas beaucoup de temps, car je dois aller aider Brooke et Spencer, mais dites-moi de quoi vous étiez en train de parler. Il y a tellement de testostérone dans l'air qu'on la sent jusque dans la rue, plaisanta-t-elle.

— À ce point ? répondit Darryl. Mais d'abord, toi, dis-nous ce qui te rend si heureuse...

— Ça se voit tant que ça ?

— On dirait que tu as gagné au loto, commenta Cameron.

— Presque ! s'exclama-t-elle. Vous connaissez le studio de production au sud d'Austin ? Celui qui produit la websérie de Griffin ?

— Bien sûr ! répondirent Darryl et Cameron à l'unisson.

Ils connaissaient bien, en effet, ce studio de production dont les dirigeants étaient des habitués du *Fix* et qui avaient écrit une websérie populaire.

— Ils commencent à attirer des stars, reprit Mina. Beverly Martin a joué dans l'un de leurs épisodes et ils remportent plein de récompenses.

— On sait, déclara Cameron. Beverly s'est même proposée comme maîtresse de cérémonie, pour le concours. Brooke était surexcitée d'avoir une star parmi les participants !

— Eh bien, devinez qui est la nouvelle assistante du directeur du développement ? demanda Mina avec un large sourire.

— Vraiment ? s'exclama Darryl en serrant sa sœur dans ses bras. C'est génial !

— N'est-ce pas ? Et comme l'entreprise est encore petite, je vais avoir une tonne de responsabilités.

— Ça veut dire que tu ne pars plus t'installer à Los Angeles ?

— Tu plaisantes, répondit Mina. Hollywood,

c'est le Graal absolu ! J'ai hâte d'y être. Mais je vais attendre d'avoir passé quelques années ici afin d'étoffer mon CV pour arriver là-bas avec un passeport pour le sommet.

— Félicitations, déclara Cameron.

Il prit à son tour Mina dans ses bras et sentit ses seins se presser contre lui. Aussitôt, il se détacha, craignant que son excitation ne lui donne une érection qu'il aurait été incapable de dissimuler. Dieu merci, Mina était trop focalisée sur la nouvelle qu'elle était en train d'annoncer pour remarquer son trouble.

— Merci ! répondit-elle. Je suis tellement heureuse. Je commence dans quelques semaines.

— Pourquoi pas tout de suite ? demanda Darryl.

— Parce que j'ai besoin d'une pause, soupira Mina comme si son frère venait de poser une question totalement stupide. Et aussi parce que je suis en train d'écrire cet article sur les techniques d'éclairage avec mon maître de stage pour un magazine de cinéma, et il nous reste encore pas mal de travail. Mais c'est en dehors de mes cours.

Elle fit une pause et regarda les trois garçons d'un air suffisant.

— Je vous annonce que j'ai officiellement terminé mes études et que j'ai obtenu mon diplôme en production cinématographique et sciences des médias !

Son frère et ses deux amis l'applaudirent, fiers et heureux pour elle.

— Bon, et vous ? reprit-elle lorsque le calme retomba. Qu'étiez-vous en train de vous raconter ?

— Rien de particulier, répondit Darryl. Nous faisions encore une fois l'éloge des testicules de Cameron, plaisanta-t-il.

— Darryl... intervint le barman en se sentant rougir de honte.

— Je suis sûre qu'elles sont parfaites, en effet, commenta Mina avec un clin d'œil à Cameron. Mais vous parlez toujours de ça quand vous êtes ensemble ? Parce que si c'est le cas, je ne veux plus jamais entendre une seule remarque sur le fait que moi, je parle anticernes et gommages exfoliants avec mes copines.

— J'essaie de convaincre Cameron de venir dans mon émission pour parler de sa participation au concours mercredi dernier.

— Génial ! s'exclama Mina. Personnellement, je suis certaine que tout ça cache quelque chose !

— C'est-à-dire ? fit Darryl.

— Il m'a dit qu'il participait juste pour s'amuser, mais je pense qu'il y a une femme là-dessous... Je me trompe ? demanda-t-elle à Cameron en posant sa main sur sa cuisse, penchée vers lui d'un air complice.

— Tu te trompes, répondit Cameron, le corps en éruption.

— Menteur ! Je suis persuadée que c'est beaucoup plus complexe que ça en a l'air, rétorqua Mina en faisant signe à Tiffany de lui apporter de l'eau, retirant du même coup sa main de la cuisse de Cameron.

— Qu'est-ce que tu veux dire ? demanda-t-il, déçu qu'elle ait coupé le contact physique.

— Tu sais très bien. Tu écris quelque chose de drôle sur tes abdos pour que les femmes du public te remarquent deux fois. D'abord pour rire, et ensuite, en se disant : « Wahou, ses abdos sont vraiment magnifiques ! » Non ?

Se penchant à nouveau vers lui, elle ouvrit deux boutons de sa chemise au niveau de ses abdos et glissa sa main à l'intérieur. Sa paume chaude se pressa contre sa peau et le cœur de Cameron se mit à battre si fort qu'il craignit qu'elle s'en aperçoive.

— Franchement, la seule chose drôle dans tout ça, c'est que tu aies pu penser que ce torse ferait rire, déclara-t-elle avec un clin d'œil. Mais c'était de l'ironie, n'est-ce pas ?

Pendant une seconde, leurs yeux se rencontrèrent et la main de Mina s'arrêta sur le cœur de Cameron. Elle entrouvrit les lèvres et il vit dans ses yeux une lueur différente, plus chaleureuse. Aussitôt, elle retira sa main en riant et le charme s'évanouit. L'instant fut si fugace que Cameron se demanda s'il n'avait pas rêvé.

D'autant plus que Mina se remit à plaisanter avec Darryl et Nolan avec une indifférence totale envers Cameron, qui sentait encore la chaleur de sa main sur sa peau.

— J'ai raison, non ? reprit finalement Mina. C'est Cameron qui aurait dû gagner mercredi dernier.

Elle se tourna à nouveau vers lui.

— S'il a gagné, dit-elle en désignant Spencer qui venait d'être élu Mister Février, c'est uniquement parce qu'il est une star de télé-réalité.

— Pardon ? intervint Brooke en s'approchant, bras dessus bras dessous avec le principal intéressé. Cameron n'est pas mal, mais je peux vous garantir que Spencer n'a pas volé son titre, ajouta-t-elle avec un sourire chargé de sous-entendus.

— On ne veut rien savoir ! déclara Nolan en riant.

— De toute façon, pourquoi parlais-tu des abdos de mon mec ? demanda Brooke à Mina. Tu n'es pas censée rester silencieuse derrière la caméra ?

— Silencieuse ? s'exclama Darryl. Ma petite sœur n'a jamais été silencieuse de toute sa vie. Même quand nos parents lui demandaient de ranger sa chambre, elle trouvait quelque chose à redire.

— Petite sœur ? intervint Mina. Je n'ai que quinze minutes de moins que toi.

— C'est bien ce que je disais, crevette.

Mina lui répondit par une grimace et tout le monde se mit à rire. Tout le monde, sauf Cameron, qui observait Mina avec une attirance évidente.

— Bon, lança Spencer. Brooke et moi allons fixer la table au sol. Tu peux t'occuper de la deuxième caméra ?

— Bien sûr, répondit Mina en se levant pour se diriger vers la scène où se trouvait le matériel de tournage.

— Eh, Minette ! l'interpella Darryl en employant le surnom que Cameron lui avait donné et qu'elle détestait. Zachary sera avec moi ce soir, à la fête.

— C'est qui ce Zachary ? demanda Mina d'un air blasé.

— Un mec de ma promo qui fait la prochaine année avec moi à la Cour d'appel pour le cinquième circuit et qui doit ensuite intégrer une très grosse boîte à Los Angeles. Son oncle est le fondateur de l'un des gros studios de production de la ville et il veut faire du droit des médias. Il est super, je suis sûr qu'il va beaucoup te plaire.

Darryl avait été recruté récemment pour être assistant d'un juge au sein de l'une des cours d'appel fédérales pendant un an. Il ne savait pas ce qu'il ferait ensuite, mais Cameron comprit que son ami Zach avait, quant à lui, une carrière toute tracée.

— Tu crois que je vais me marier avec lui uniquement parce qu'il va bosser dans un studio de production ? répondit Mina, comme si elle trouvait la remarque de son frère ridicule.

— Je n'ai pas dit ça, je le jure ! répondit Darryl, levant les mains en signe d'innocence. Mais comme dit papa, les relations les plus solides ont toujours un lien professionnel.

— Et toi, tu écoutes ce que dit un mec dont le mariage a été un échec ? En plus, maman n'a pas...

— Bon, les jumeaux, les interrompit Cameron, est-ce qu'on peut dire que votre père a de l'influence et passer à autre chose ? Parce que, je ne suis pas devin, mais à mon avis Brooke et Spencer vont finir par te virer si tu ne les rejoins pas tout de suite... Et Tyree risque de faire pareil avec moi si je vous laisse épouvanter tous les clients du bar.

— Tu es flic ? plaisanta Darryl.

— Je peux le devenir si ça vous empêche de vous chamailler, répondit Cameron en le regardant fixement.

— Tu as raison ! lança Mina.

Elle envoya un baiser à son frère qui le lui rendit, résigné, puis elle se dépêcha de rejoindre Spencer et Brooke.

En la regardant s'éloigner, Cameron s'en voulut de réussir à lui parler si facilement quand il s'agissait de lui faire des reproches, mais d'être incapable de lui avouer ce qu'il ressentait pour elle.

DEUX

— Tu ne vas pas avoir d'ennuis en ne travaillant pas ce soir ? demanda Darryl à Mina tandis qu'ils marchaient jusqu'à l'endroit où elle avait laissé sa voiture.

— Non, je m'organise un peu comme je veux et je sais que je fais largement mes heures, répondit-elle. Avec l'élection de l'homme du mois, on travaille très tard le mercredi. En échange, Brooke et Spencer nous laissent nos soirées de libres les vendredis et les samedis.

— Je vois...

— Et puis, de toute façon, je n'aurais manqué une soirée avec toi pour rien au monde ! ajouta-t-elle.

— Je comprends... C'est vrai que je suis assez génial, rétorqua Darryl avec un large sourire.

— Génial, je ne sais pas... le taquina-t-elle. Je fais un jogging de cinq kilomètres demain matin, tu m'accompagnes ?

— Cinq kilomètres ?

— Je pensais au départ m'entraîner pour un marathon, mais cinq kilomètres, c'est finalement tout ce que je réussis à faire, se justifia-t-elle.

— Hmmm...

Elle le regarda alors qu'ils traversaient la rue en direction du parking payant situé en face et dans lequel elle avait garé sa voiture.

— Ça veut dire quoi ce « hmmm » ? L'exercice te fait peur ?

Pendant toute leur scolarité, son frère avait fait partie des équipes de natation et de tennis, et il avait même fait un peu de water-polo. Il s'était souvent imposé des séances d'entraînement extrêmement intensives pour se préparer à ses matches, auxquels Mina avait presque toujours assisté pour l'encourager.

— Mina... ne fais pas semblant de ne pas comprendre. Tu sais que je m'inquiète pour toi.

Ils avaient atteint la voiture et Darryl se dirigea vers le côté conducteur, puis leva la main pour qu'elle puisse lui jeter les clés de la petite Mercedes décapotable que leur père lui avait offerte le jour de son dix-huitième anniversaire.

— Tu n'as vraiment aucune raison de t'inquiéter. C'est juste cinq kilomètres, répondit-elle sans lui donner les clés et en ouvrant elle-même la voiture, avant de s'installer côté passager.

Levant les yeux au ciel, Darryl se glissa sur le siège du conducteur.

— Puis-je avoir les clés, s'il te plaît ? lui demanda-t-il avec une politesse exagérée.

Elle hésita, puis les laissa finalement tomber dans la main qu'il lui tendait.

— Tu sais que nous avons eu le permis en même temps et que je sais conduire aussi bien que toi ?

Darryl ignora son commentaire et se contenta d'insérer la clé dans le contact. Mina soupira, s'installa confortablement sur son siège et décida de ne pas insister. Elle était habituée à ce genre de comportement. En fait, son père et son frère la traitaient comme le bébé de la famille depuis toujours. Elle trouvait ça ridicule, mais elle laissait faire, sachant que son frère aimait donner l'impression qu'il la protégeait.

Sauf qu'elle n'était pas faible. Bien sûr, elle était arrivée quinze longues minutes après son frère, et, comme lui, elle était née prématurément, à trente-deux semaines. Cela dit, elle avait été fragile toute son enfance, surtout par rapport à Darryl qui avait toujours eu une bonne constitution : tandis que lui avait presque trop grandi, elle était restée petite et avait enchaîné les problèmes de santé.

Mais aujourd'hui, elle avait presque vingt-cinq ans et, à en croire les commentaires des garçons, elle était devenue une jeune femme très attirante. Surtout, elle allait bien. Parfaitement bien.

Pourtant, son père et son frère continuaient de la traiter comme une fillette fragile. Elle aurait pu trouver cela attendrissant, mais ça l'agaçait plutôt : ils refusaient de voir ce qu'elle était devenue.

En outre, leur mère avait quitté la maison lorsque Darryl et elle avaient sept ans. Du coup, elle avait grandi entre deux hommes qui l'avaient toujours mise, certes sur un piédestal, mais dans une cage dorée. Ce n'était pas ce qu'elle aurait voulu, mais elle aimait profondément son père et son frère, et, après tout, si cela leur faisait plaisir de la gâter...

Elle ferma les yeux et laissa Darryl la conduire. Finalement, pensa-t-elle, il y avait pire que d'avoir une famille trop protectrice.

Soudain, elle repensa au garçon dont lui avait parlé son frère et paniqua.

— Nous ne sommes que tous les deux ce soir,

n'est-ce pas ? lui demanda-t-elle avec un regard suspicieux. Tu n'as pas invité ce Zacharius ? Je te préviens, j'ai juste envie de me mettre en pyjama et de végéter devant la télé en mangeant des pop-corn.

— C'est Zachary, la reprit-il en riant. Et non, ne t'inquiète pas. Nous ne sommes que tous les deux.

— Ouf ! soupira-t-elle avec soulagement. On dort chez moi ou chez papa ?

— Chez papa, si ça te convient. Je dois me lever tôt demain.

— Parfait !

Leur père vivait toujours dans la maison de leur enfance, et la chambre de Darryl était restée la même depuis qu'il était allé faire ses études de droit, comme un musée en l'honneur d'un héros parti à la guerre. Mina aussi avait quitté le nid familial, mais elle avait emporté ses affaires avec elle et elle avait emménagé non loin de chez son père. Contrairement à son frère, qui avait quitté l'État, elle n'était pas seulement restée au Texas, mais aussi à Austin tout au long de ses études.

Elle avait vécu sur le campus universitaire jusqu'à la fin de sa licence, puis avait ensuite emménagé dans l'appartement que son père avait agencé au premier étage de l'annexe de la maison, qui occupait la moitié des deux hectares de terrain au milieu des collines entourant le lac Austin. Il s'agissait d'un appartement spacieux et confortable, situé juste au-dessus du garage où étaient garées les six voitures de la famille.

Lorsque son père lui avait proposé de s'y installer avec une colocataire, Mina avait compris que c'était encore une manière de garder un œil sur elle, mais elle avait accepté avec plaisir, consciente de la chance qu'elle avait de bénéficier d'un tel logement gratuitement, en particulier avec un accès à la piscine, au court de tennis, à la salle de cinéma et à la cave à vin de la maison.

— Tu comptes rester combien de temps ? demanda Mina à son frère tandis qu'ils remontaient l'allée menant au portail de la maison.

— Je n'en sais trop rien. Si papa n'est pas trop sur mon dos, je vais peut-être rester toute l'année de mon stage. Je verrai ensuite où j'ai envie de m'installer...

— Super ! s'exclama-t-elle. Tu es souvent très con, mais la maison était vide sans toi, lui dit-elle avec affection.

— Je suis très heureux aussi d'être rentré, répondit Darryl en garant la voiture dans l'immense garage avant de couper le moteur. On se retrouve pour le dîner ? Je vais commander chinois.

— Parfait ! confirma Mina en ouvrant sa portière.

— Au fait ! Pour répondre à ta question de tout à l'heure, j'ai invité quelqu'un pour une soirée cinéma.

S'arrêtant net, elle se tourna vers son frère et le fusilla du regard.

— Je t'en prie, dis-moi que tu plaisantes ! C'est vendredi. La semaine a été éreintante. Tout ce dont j'ai envie, c'est de me détendre, pas de devoir faire la conversation à un gars avec qui tu veux me caser !

— Du calme, répondit-il en riant. Ce n'est que Cameron ! Je lui ai dit de venir, qu'on mangerait chinois et qu'on regarderait le film que tu auras choisi. Tu vois, je me suis même rappelé que c'était ton tour de choisir le film ! Mais, si tu veux, je lui dis de ne pas venir ?

— Cameron ?

Elle réalisa qu'elle souriait et tenta de ne pas trop dévoiler la joie qu'elle ressentait.

— Non, bien sûr, aucun problème ! rétorqua-t-elle.

— Je préfère te le demander, puisqu'il paraît que je ne dois pas t'imposer qui que ce soit, la taquina-t-il.

— Oh, ça va ! lança-t-elle en levant les yeux au ciel et en descendant de la voiture. Et puis Cameron, c'est différent. Il fait presque partie de la famille !

Si elle avait été honnête, elle aurait avoué que la sensation de sa main sur sa peau lorsqu'elle avait touché sa poitrine était encore très présente, et qu'elle avait envie de passer tout le reste de l'après-midi à prendre un bain parfumé, à se raser les jambes, et à essayer des tenues jusqu'à trouver quelque

chose de décontracté mais de mignon, et, surtout, un brin sexy.

---

*Il fait partie de la famille ?*

Quelques heures plus tard, ses mots résonnaient encore dans sa tête, et elle n'en revenait pas elle-même d'avoir pu dire une ineptie pareille. Car Cameron était tout sauf un membre de leur famille !

En tout cas, pas ce soir. Pas alors qu'elle était en train de se regarder dans le miroir, en sous-vête-ments, et qu'elle sentait une douce chaleur monter en elle en repensant à lui, lorsqu'elle l'avait vu au *Fix*, plus tôt dans l'après-midi.

Elle sentait encore son corps contre le sien lors-qu'il l'avait prise dans ses bras pour la féliciter, et la chaleur de sa peau quand elle avait osé glisser sa main dans sa chemise. Elle avait été surprise par la vitesse à laquelle battait le cœur de Cameron, par le désir qu'elle avait perçu en lui et qui avait éveillé le sien.

Frissonnante, elle passa doucement ses doigts sous sa culotte et découvrit qu'elle était mouillée. Instantanément, elle retira les doigts en rouvrant les yeux, comme si elle avait été surprise en train de faire quelque chose de mal. Elle n'en revenait pas de s'être laissé aller à son propre désir, à la douceur que provoquait en elle le souvenir du corps de Cameron.

Elle mit cela sur le compte du surmenage. Elle travaillait trop. Elle avait besoin de sortir, de s'amuser, de rencontrer des hommes. Mais pas Cameron. Elle n'était pas réellement intéressée par lui, pas de cette façon. C'était le meilleur ami de Darryl et il était presque devenu, au fil des années, un deuxième frère pour elle.

Et puis, elle le voyait tout le temps au *Fix* ; ils ne pouvaient donc pas entamer une relation car, une fois leur histoire terminée – ce qui finirait forcément par arriver – la situation serait extrêmement gênante. De toute façon, il était hors de question pour elle de s'engager sérieusement dans une relation de couple. Elle voulait donner la priorité à sa carrière et prouver à son père et à son frère, mais aussi à elle-même, qu'elle était capable de gérer sa propre vie.

En plus, Cameron était vraiment trop gentil. Or, elle était attirée par les hommes avec plus de caractère, plus dominateurs. Ce n'était clairement pas le cas de Cameron qui, même si elle l'adorait, était certainement le garçon le plus doux qu'elle ait jamais rencontré.

Malgré cela, elle devait se rendre à l'évidence : elle était en train de penser à lui et la soirée risquait de déraper...

Déterminée à chasser de son esprit le meilleur ami de son frère, elle saisit son téléphone et composa le numéro de Jeff, son fidèle *sex-friend*.

Jeff décrocha dès la première sonnerie.

— Hey ! Mina ! Comment vas-tu, ma beauté ?

— J'ai besoin d'air ! répondit-elle aussitôt. Je dîne avec mon frère ce soir, mais je me disais qu'on pourrait peut-être se retrouver après, sur les coups de onze heures ?

— Tu as besoin de t'amuser un peu ?

Son ton indiquait clairement qu'il comprenait quel genre de programme Mina avait en tête : boire, danser sur de la musique forte, et finir dans un lit. Le genre de programme qui n'engageait à rien mais détendait toujours et, surtout, qui permettrait d'oublier tout le reste...

Mina avait rencontré Jeff à une fête, lors de sa

première année d'université. Leur attirance avait été immédiate, mais la relation s'était terminée aussi vite qu'elle avait commencé. Un jour, quelques mois après leur séparation, Jeff l'avait rappelée en lui proposant de l'accompagner à une première à laquelle devaient assister les acteurs du film. Mina avait sauté sur l'occasion et, après plusieurs coupes de champagne, ils avaient finalement couché à nouveau ensemble.

Depuis, ils se voyaient de temps en temps, en toute légèreté, lorsque l'un ou l'autre avait besoin de se détendre, entre amitié et sexualité. Or, justement, ce soir-là, c'était tout à fait le genre de sortie dont Mina avait besoin. Elle savait déjà qu'après avoir passé toute une soirée avec Cameron, à repenser au contact de sa peau contre la sienne, elle allait avoir besoin d'évacuer son désir sans que cela ne porte à conséquence.

---

— Un truc idiot avec beaucoup d'action, suggéra Darryl en appuyant sur le bouton qui inclinait le dossier et relevait le repose-pied du canapé en cuir.

— Ça me va ! déclara Cameron en s'approchant d'eux, un bol de pop-corn à la main.

Ils avaient terminé leurs plats chinois et passaient maintenant aux friandises qu'ils grignotaient chaque fois qu'ils regardaient un film ensemble. Darryl avait même apporté une boîte d'*After Eight*.

— Ou alors, on regarde un classique ? *Fenêtre sur cour*, par exemple ? proposa-t-il en s'asseyant à l'autre bout du canapé.

Cette partie du canapé ne s'inclinait pas de manière automatique, mais il s'allongea en mettant ses pieds sur le pouf qui se trouvait à proximité, et sur lequel Mina avait déjà posé les siens. Ils prenaient toujours les mêmes places quand ils regardaient un film, et ce n'était pas la première fois que Mina partageait le pouf avec Cameron, pourtant ce soir-là, elle ressentit quelque chose de particulier.

*Du calme ma fille... ce ne sont que des pieds !* tenta-t-elle de se rassurer.

— Ho, Minette ! l'interpella Darryl, la faisant sursauter.

— Pardon ! j'étais dans la lune, s'excusa-t-elle. Oui, parfait, j'adore Hitchcock !

Le semestre précédent, elle avait écrit un article sur l'évolution du travail d'Hitchcock au cours de sa carrière.

— Et pourquoi pas *Will Hunting*, plutôt ?

Les deux hommes la regardèrent comme si elle avait perdu la raison.

— C'était juste une proposition ! se défendit-elle en levant les mains. Mais bon, c'est à mon tour de choisir le film, non ? En plus, non seulement c'est un très bon film, mais j'aimerais aussi le revoir car il faut que j'en parle dans une conférence que je dois donner devant des étudiants la semaine prochaine.

— C'est quoi le thème de la conférence, « Les maths et le cinéma » ? ironisa Darryl.

— « Personnages et thèmes dans les histoires d'amour », si tu veux savoir. Mais vous préférez peut-être quelque chose sans sentiments ni scènes de sexe ?

— Veto ! lança Cameron tandis que Darryl semblait acquiescer.

— Et pourquoi pas le dernier *Fast and Furious* ? proposa Darryl. Personnellement, j'adore ! Sinon, *La Mort aux trousses*. Tout, mais pas de comédies romantiques, je vous en supplie !

— Pourquoi est-ce que je perds mon temps avec vous deux ? soupira Mina en se levant pour aller prendre une bière dans le mini-bar avant de revenir à sa place.

La pièce de la maison qui faisait office de salle de

cinéma n'était pas très sophistiquée, mais elle était confortable et dégageait une ambiance calme et cocooning. Par commodité, leur père avait renoncé à installer des fauteuils individuels, comme dans les vraies salles de cinéma, et avait opté pour un grand canapé familial derrière lequel il avait placé, légèrement surélevés par une estrade, quelques fauteuils inclinables.

Le canapé était parfait pour trois et, au fil du temps, Darryl, Mina et Cameron avaient pris l'habitude de le partager, tout comme les jumeaux l'avaient toujours fait avec leur père.

Assise près de Cameron, Mina pensa qu'elle aurait peut-être dû s'installer dans l'un des fauteuils de derrière. Mais cela aurait sans doute semblé bizarre. Elle décida donc de rester à sa place, de se détendre en regardant le film et en buvant sa bière, sans perdre de vue le fait qu'elle allait rejoindre Jeff une fois le film terminé.

Et les gars avaient raison. Hitchcock était le meilleur choix.

— Je n'ai jamais compris *Will Hunting*, reprit Cameron. Ce mec qui abandonne toute sa vie et laisse sa famille s'enfuir à travers le pays pour rejoindre une fille avec qui il ne sait même pas si ça va marcher...

— Qui abandonne sa famille ? reprit Mina. Il était orphelin...

— Oui, enfin on peut considérer que ses amis étaient sa famille, précisa-t-il avec une telle intensité que Mina eut un pincement au cœur.

Elle connaissait l'histoire de Cameron. Il avait grandi avec sa grand-mère et sa sœur, car sa mère et son père les avaient abandonnés.

— Moi, je trouve ça plutôt romantique, fit-elle remarquer. Il a pris un risque par amour. C'est justement tout le propos du film.

— Et elle ? continua Cameron. Quand le mec sonne à sa porte, comment peut-il être certain qu'elle veut vraiment de lui et qu'elle ne se sent pas obligée de l'accueillir parce qu'il a tout abandonné pour elle ?

— Mec, intervint Darryl, je crois que tu te poses trop de questions !

— C'est peut-être toi, Cameron, qui devrais donner ma conférence ? plaisanta Mina, résistant à l'envie de serrer sa main dans la sienne.

Son frère lui aurait sûrement dit que c'était de la psychologie de bas étage, mais elle ne pouvait s'empêcher de penser que Cameron avait vu sa propre vie dans ce film.

— Bon, Hitchcock ! lança Cameron. Je ne vous laisse pas le choix !

— Hmmm, tu es sexy quand tu décides... lança Darryl, amusé.

Mina leva les yeux au ciel devant l'attitude de son frère, même si, au fond, elle était d'accord avec lui.

Ils s'installèrent donc devant *Psychose* et, même si les effets spéciaux étaient désuets et que Mina avait vu ce film des dizaines de fois, elle ne put s'empêcher d'avoir peur au moment de la fameuse scène de la douche, ramenant ses genoux à son menton comme pour se protéger. Lorsque la tension retomba, elle s'étira pour se détendre et ses pieds frôlèrent ceux de Cameron, ce qui la fit sursauter.

— Je te fais peur ? plaisanta ce dernier.

— Non, mais tu es de mon côté du pouf ! répondit-elle avec le même ton badin.

— *Ton* côté ? Je te signale que tu as perdu tout droit sur ce pouf dès l'instant où tu t'es recroquevillée sur le canapé. Il est à moi désormais, déclara-t-il en souriant et en lui donnant un léger coup de pied sur le tibia. D'ailleurs, il s'appelle le « pouf officiel de Cameron » maintenant, ajouta-t-il en riant.

— Dans tes rêves ! fit-elle en essayant de le pousser.

Mais Cameron se défendit et tous deux se lancèrent dans une bataille de pieds, entre rires et cris, pour la conquête du pouf. Ils n'entendirent même pas Darryl qui dut arrêter le film pour se faire entendre.

— Bon, vous allez vous chamailler encore longtemps ou on peut terminer ?

Ils s'arrêtèrent instantanément, leurs jambes entrelacées ainsi que leurs doigts, dans un contact amusant et intime qui semblait chargé de promesses. Il y avait encore quelques jours, Mina n'aurait jamais imaginé un tel échange avec Cameron. Mais ce soir...

Ce soir, sa respiration lui paraissait sensuelle, et la flamme dans ses yeux lorsqu'il la regardait semblait évoquer la passion, pas uniquement l'amitié. Quant à elle, elle le voyait sous un angle nouveau, qui relevait plus du fantasme que de la camaraderie.

Aussitôt, elle se ressaisit. Elle retira ses jambes du pouf et se tint aussi loin qu'elle le put sans que son attitude se remarque. Elle constata que Cameron faisait la même chose ; il était presque assis sur l'accoudoir du canapé.

— Désolée, dit-elle à Darryl. On s'astiquait, c'est tout... enfin, on s'asticotait ! se reprit-elle aussitôt.

Heureusement que la pièce était dans le noir car elle se sentit rougir jusqu'aux oreilles.

— Vas-y, remets le film, dit Cameron à Darryl, les yeux rivés sur l'écran.

Lorsque le film fut terminé, Mina avait recouvré son calme, mais elle n'avait rien suivi de l'intrigue. De toute façon, elle connaissait l'histoire par cœur.

— Je meurs de faim, déclara Cameron. Vous voulez manger quelque chose ? Des crêpes chez *Magnolia*, par exemple ? proposa-t-il en faisant référence au restaurant situé non loin de leur maison, ouvert vingt-quatre heures sur vingt-quatre.

— Honnêtement, je suis crevé, répondit Darryl. Mais dans le week-end, pourquoi pas ?

— Très bien, dit Cameron. Et toi ? demanda-t-il à Mina. Tentée par une crêpe chocolat-chantilly ?

— Toujours ! répondit-elle avec un sourire. Mais, malheureusement, je ne peux pas.

Elle se sentit étrangement mal à l'aise.

— Euh... en fait... j'ai promis à un copain d'aller boire un verre avec lui. Je pense qu'on va aller danser. Une sortie du vendredi, quoi, tu vois ?

— Je vois, répondit Darryl à la place de Cameron et en se levant du canapé.

Il prit le portefeuille qu'il avait posé sur l'une des tables d'appoint de la pièce, l'ouvrit, puis lança un préservatif à sa sœur.

— Je ne serais pas un bon grand frère si je ne te rappelais pas d'être responsable.

— Non, mais tu ne vas pas bien ! s'indigna Mina en lui renvoyant le préservatif à la figure.

Elle se sentit gênée et s'en voulut pour cela. Après tout, elle était adulte. Si elle avait envie de sortir, et même de coucher avec un garçon, elle était totalement libre de le faire sans que son frère vienne lui faire la morale !

Pourtant, une fois seule dans sa chambre, elle composa le numéro de Jeff et annula leur soirée, prétextant qu'elle était trop fatiguée pour sortir.

— Dommage, ma belle ! J'attendais avec impatience la fin de soirée !

— Ça aurait été super, admit-elle.

Mais en vérité, ce n'était pas avec Jeff qu'elle aurait aimé terminer la soirée.

Elle raccrocha et, avec un soupir, commença à déboutonner son jean pour se mettre en pyjama. Soudain, elle s'interrompit. Peut-être que, tout compte fait, elle pourrait aller manger une crêpe ?

Mina frappa doucement à la porte de son frère.

— C'est moi. Je peux entrer ?

— Comme si je t'avais déjà interdit de rentrer dans ma chambre, répondit Darryl.

— C'est vrai, fit-elle en souriant avant de rejoindre son frère.

Leurs chambres étaient séparées par une porte communicante. Pendant toute leur enfance, ils avaient laissé cette porte ouverte, ne la fermant qu'en de rares occasions.

Darryl était assis dans son fauteuil, un livre à la main, et elle s'assit sur le bord de son lit, silencieuse.

— Tu t'ennuies ? lui demanda Darryl pour briser le silence.

— J'ai annulé Jeff. Le mec que je devais voir,

précisa-t-elle. Mais maintenant, je meurs de faim et je n'arrête pas de penser aux crêpes qu'a proposées Cameron.

— Hmmm, se contenta de répondre Darryl d'un air entendu.

Mina comprit parfaitement ce qu'il sous-entendait, mais décida de feindre l'ignorance et lui demanda plutôt s'il avait envie de l'accompagner chez *Magnolia*. Non qu'elle ait besoin d'un chaperon, mais elle avait envie de compagnie. Et puis, ça faisait une éternité qu'elle n'avait pas passé du temps avec son frère. L'occasion était parfaite !

— Des crêpes, commenta Darryl en fermant son livre et en la regardant droit dans les yeux.

Il la regardait si intensément que Mina eut la sensation qu'il lisait dans ses pensées. D'ailleurs, c'était probablement ce qu'il était en train de faire... Peut-être était-ce parce qu'ils étaient jumeaux, mais Daryll avait toujours su lire en elle sans qu'elle n'ait à expliquer quoi que ce soit.

Elle n'aurait jamais dû venir le voir. Son frère était la dernière personne à qui elle souhaitait révéler son désir soudain pour Cameron.

— Oui, des crêpes, reprit-elle en tâchant de dissimuler son embarras. Ça te dit ou pas ?

— Si c'est parce que tu n'as pas envie d'y aller seule, je t'accompagne volontiers, répondit-il.

Mina se sentit à la fois ridicule et coupable. Elle savait parfaitement que son frère était fatigué et qu'il avait envie de se reposer, mais elle savait aussi qu'elle n'avait qu'à claquer des doigts pour qu'il fasse ce qu'elle lui demandait. C'était la même chose pour leur père, d'ailleurs.

Elle devait ce privilège au fait d'être née la dernière. Son père l'avait toujours choyée pour compenser le fait de l'avoir vue si fragile toute son enfance, quant à Darryl, il faisait tout pour se faire pardonner d'avoir eu plus de chance qu'elle – comme si un jumeau *in utero* pouvait être coupable d'avoir pris plus de place. Quand bien même il aurait absorbé intentionnellement tout le liquide amniotique, elle allait bien maintenant. Parfaitement bien. Il était temps que son père et son frère s'en aperçoivent.

Mais cela valait pour elle aussi. Si elle voulait que Darryl arrête de la traiter comme un bébé, elle devait cesser de lui faire croire qu'elle avait besoin de sa protection.

— Bon, ce n'est pas grave ! lança-t-elle finalement, mettant un terme à cette hésitation.

— Tu es sûre ? lui demanda-t-il en s'installant plus confortablement dans son fauteuil.

— Oui, oui, vraiment, ça ne fait rien, confirma-t-elle. De toute façon, il ne faut pas que tu te couches tard. Tu n'as pas un brunch demain avec le juge et les autres clercs ?

— Pas avant onze heures.

— Oui, mais quand même, répondit-elle en haussant les épaules. Vraiment, il n'y a aucun problème. Je vais trouver quelque chose dans le frigo et aller me coucher. Comme mon grand frère ! lança-t-elle avec un sourire affectueux.

Elle le prit dans ses bras pour lui dire bonne nuit et retourna dans sa chambre.

Une fois seule, elle envoya un texto à son père pour lui souhaiter une bonne nuit. Dans les années soixante-dix, Bruce Silver avait fondé une épicerie bio locale qui avait fini par devenir une chaîne nationale valant des millions de dollars. Désormais, leur père vivait sur les routes. Ce soir-là, il devait être à Portland.

Elle hésita un instant, puis envoya également un texto à sa mère. Alicia Silver était allée vivre en Oklahoma juste avant que les jumeaux ne terminent le lycée. Elle n'était jamais allée à l'université, et lorsque le coût de la vie à Austin était devenu trop élevé pour elle, elle avait décidé de travailler dans le magasin d'alimentation de son oncle à Enid. Elle appelait Mina presque toutes les semaines, et suivait très attentivement tout ce qui se passait dans la vie de sa fille. Mina décida donc de lui envoyer un message pour l'informer du nouveau poste qu'elle venait de décrocher.

La réponse fut quasiment immédiate : « *Tu vas finir par me rendre fière de toi, ma fille ! maman.* »

Mina sourit à l'humour de sa mère, mais ne put s'empêcher de ressentir également un peu d'amertume. Jamais sa mère ne lui avait dit qu'elle *était* fière d'elle. Elle l'avait souvent pensé, Mina le savait, mais ne le lui avait jamais dit.

Ce soir-là, elle décida qu'elle allait rendre fiers sa mère, son père et son frère. Elle allait leur prouver qu'elle n'était plus une petite chose fragile, qu'elle était forte et intelligente. Elle n'était peut-être pas avocate, ne travaillait pas dans une grande entreprise prestigieuse, mais elle était résolue à réussir dans la voie qu'elle avait choisie.

S'apprêtant à descendre dans la cuisine pour trouver quelque chose à manger, elle hésita un instant. Pourquoi ne pouvait-elle pas aller chez *Magnolia* et manger une crêpe avec Cameron ? Ils étaient amis, après tout. Et puis, ils n'avaient pas mangé grand-chose. Elle avait vraiment faim.

Sans réfléchir davantage, elle attrapa son sac à main et ses clés sur la petite table près de la porte d'entrée, puis se dirigea vers sa voiture.

Il ne lui fallut que quelques minutes pour arriver chez *Magnolia*. Alors qu'elle peinait à trouver une place pour se garer, elle se sentit nerveuse. Elle tenta de se convaincre que c'était uniquement parce que l'endroit était bondé et qu'elle ne trouvait pas de place, mais elle savait, au fond, que c'était parce qu'elle allait voir Cameron.

Peut-être que l'absence d'emplacement libre était un signe et qu'elle devait plutôt aller au *Fix* ? Après tout, si elle voulait de la compagnie, elle en trouverait plus là-bas que chez *Magnolia*. Et puis, comme Cameron n'y serait pas, elle était certaine que la soirée ne déraperait pas.

Elle prendrait un verre, grignoterait quelque chose et passerait un peu de temps avec Brooke, qu'elle appréciait beaucoup. En plus, elle voulait demander à Brent s'il avait réussi à trouver une nouvelle baby-sitter pour sa fille, Faith. Elle savait que la sienne l'avait laissé tomber du jour au lendemain et elle voulait lui dire qu'elle pouvait le dépanner si besoin.

Pour être honnête, elle n'avait pas fait beaucoup de baby-sitting, mais c'était surtout un prétexte pour aller au *Fix*. En parcourant la courte distance qui la séparait du bar où elle passait désormais le plus clair de son temps, elle réalisa à quel point elle s'était attachée à cet endroit. Elle s'y sentait bien, comme chez elle. En fait, elle avait trouvé là-bas une famille, avec laquelle elle se sentait parfaitement détendue. Or, ce soir-là, c'était exactement ce dont elle avait besoin.

Lorsqu'elle ouvrit la porte du *Fix*, elle comprit instantanément que la soirée serait différente de ce qu'elle avait prévu : Cameron était là, assis au bar, en train de rire avec Matthew Herrington, tandis qu'Éric lui resservait un verre.

Un instant, Mina envisagea de faire demi-tour. Mais elle se ravisa et, prenant son courage à deux mains, marcha directement vers lui.

— Salut ! lança-t-elle en lui donnant une légère tape sur l'épaule.

— Hey ! fit-il avec un large sourire en se tournant vers elle. Que me vaut cette violence ? plaisanta-t-il.

*Rien, je voulais simplement sentir ta peau sous mes doigts...*

— Je te rappelle que tu étais censé être au *Magnolia Café* ! répondit-elle en faisant mine de le réprimander. Heureusement que je n'ai pas décidé de t'y rejoindre !

— Je sais, mais finalement, j'ai opté pour quelque chose d'un peu plus fort que des crêpes et un café, fit-il en levant son verre qui semblait contenir du bourbon.

— Pas trop fort quand même ! lança Matthew en glissant de son tabouret. On attaque à midi demain, tu te souviens ?

— Vous attaquez quoi ?

— Le sport, répondit Cameron. Matt est mon coach personnel.

— Demain ! répéta Matthew en pointant un doigt sévère sur Cameron, avant de saluer Mina d'un signe de tête et de disparaître dans la foule rassemblée devant la scène, où un groupe local était sur le point de recommencer à jouer.

— Je l'ai aperçu ici des dizaines de fois, déclara Mina. Mais je n'ai jamais pensé à demander ce qu'il faisait.

— Il est propriétaire de la salle de gym rue Lavaca, répondit Cameron. Je m'entraîne avec lui depuis plusieurs mois maintenant.

— Ça se voit ! lança Mina, regrettant immédiatement son commentaire.

— Tu trouves ? demanda Cameron avec fierté. Je

suis heureux de savoir que je ne dépense pas mon argent pour rien !

Mina s'installa sur le tabouret laissé vide par Matthew.

— Je peux t'assurer que ton investissement semble très rentable, renchérit-elle en le regardant droit dans les yeux.

Flatté, Cameron soutint son regard, plongeant ses yeux bleu gris dans ceux de Mina. Pendant un instant, le temps se figea, puis il prit son verre et but une longue gorgée.

— Tu n'avais pas un rendez-vous ? lui demanda-t-il finalement.

— J'ai annulé. Je n'étais pas d'humeur.

— Pourtant, tu es ici, lui fit-il remarquer avec malice.

Elle le regarda sans rien dire, la bouche sèche, et un frisson lui parcourut le dos.

— C'est vrai, finit-elle par admettre.

— Je t'offre un verre ?

— Volontiers ! répondit-elle avec un large sourire. Un verre, ça me paraît une excellente idée !

## QUATRE

Cameron fit signe à Éric, qui était en train de servir un martini à une blonde à l'autre bout du bar.

— La même chose ? demanda le barman en revenant vers eux.

Cameron confirma d'un signe de tête après avoir avalé le reste de son bourbon. Il allait avoir besoin de courage ce soir, et un autre verre ne pouvait pas lui faire de mal...

— Et toi, un Dry Martini ? avança-t-il en regardant Mina, à côté, pour lui demander confirmation.

Il l'avait servie assez souvent pour savoir que c'était sa boisson préférée.

— Pas ce soir. Juste un verre de vin. Un pinot noir si tu as ? demanda-t-elle à Éric.

— Pas de problème !

— Ce n'est pas ton habitude, lui fit remarquer Cameron tandis qu'Éric déposait leurs verres devant eux.

Elle but une gorgée, puis le regarda avec un petit sourire.

— Disons que je veux garder l'esprit clair ce soir…

Son sourire s'agrandit, révélant une fossette que Cameron trouvait extrêmement sexy. Il se força à détourner le regard, se concentrant sur son bourbon. Intérieurement, il se dit qu'il avait intérêt à faire la même chose et prêter attention à ne pas trop boire s'il ne voulait pas se ridiculiser.

Après tout, ce n'était pas comme si elle était venue au *Fix* pour le rejoindre. Elle était venue parce qu'elle y travaillait. Parce qu'elle voulait boire un verre et voir ses amis. Il n'était absolument pas la raison de sa présence.

Pourtant, il ne put s'empêcher de penser que c'était à côté de lui qu'elle était assise. Il devait profiter de l'occasion, mais il n'avait jamais été très doué pour la séduction, et il laissa le silence s'installer quelques instants.

Finalement, il attrapa un menu sur le bar.

— On voulait manger quelque chose, non ?

demanda-t-il en ouvrant la carte pour se donner une contenance.

— Tu as besoin de regarder le menu ? s'étonna Mina en riant. Ça fait combien de temps que tu travailles ici ?

— C'était pour toi, se justifia-t-il en refermant la carte, la reposant à l'endroit où il l'avait prise. Mais, d'accord, je vais choisir pour nous deux !

— J'adore les hommes qui savent prendre des initiatives ! lança-t-elle avec un clin d'œil en buvant une gorgée de vin.

Il savait qu'elle se moquait de lui, bien sûr, mais il sentait néanmoins que quelque chose était différent, comme si Mina entrouvrait la porte sur un territoire encore inexploré.

Il inspira profondément et chassa aussitôt cette idée. C'était juste Mina ; elle le considérait presque comme son grand frère.

Il adressa un nouveau signe à Éric.

— On va prendre des boulettes de risotto aux épinards et aux champignons, et un cheeseburger avec des frites, commanda-t-il. Repas du vendredi soir, fit-il en se tournant vers Mina. J'espère que ça te convient ?

— C'est parfait ! répondit-elle en le regardant dans les yeux.

*Putain, elle est vraiment sexy !*

Une fois leur commande passée, Cameron et Mina sirotèrent leurs verres en regardant le groupe jouer un morceau de rockabilly qui avait enflammé l'ambiance du bar.

Lorsque le morceau fut terminé, le silence retomba. Cameron attendait que Mina dise quelque chose, mais elle se contentait de passer son doigt sur le rebord de son verre en regardant autour d'elle.

Il se sentait mal à l'aise. Pourtant, combien de fois avaient-ils été assis l'un à côté de l'autre sans rien dire ? Le silence n'avait jamais été gênant entre eux, alors pourquoi l'était-il soudainement ? Pourquoi avait-il tout à coup l'impression de devoir dire à tout prix quelque chose d'intelligent, de drôle, d'ironique ou d'intéressant ?

Il avait beau chercher, il ne savait pas quoi dire. Cependant, il en était arrivé au point où, s'il ne disait rien, sa tête allait exploser. Il décida de se lancer.

— Alors...

— Tu sais que... commença Mina exactement au même moment.

Leurs yeux se rencontrèrent. Ils se fixèrent quelques secondes, puis ils éclatèrent de rire.

— Vas-y, dit-elle. Que voulais-tu me dire ?

Il finit son verre et secoua la tête.

— Honnêtement ? Je n'en ai aucune idée ! Et toi ?

Elle pinça les lèvres.

— Pas la moindre idée non plus.

Ils rirent à nouveau.

— En tout cas, je meurs de faim, lança Mina. Ce n'est pas ce que j'avais l'intention de dire, mais c'est vrai ! Merci d'avoir commandé à manger.

Elle lui frotta l'épaule sans qu'il sache si son geste était purement amical ou s'il y avait autre chose.

— Vu que tu n'avais pas eu de crêpes, je me suis dit que...

— C'est mieux ! l'interrompit-elle. Si j'étais allée chez *Magnolia*, je ne serais pas tombée sur toi.

Elle plongea ses yeux dans les siens.

Soutenant son regard, Cameron eut l'impression de se perdre dans leur immensité vert émeraude.

— C'est vrai, dit-il enfin, impressionné d'être parvenu à prononcer ces quelques mots. C'est vraiment mieux...

Cette fois, le silence n'était pas du tout gênant. Au contraire, il semblait promettre un tas de nouvelles possibilités.

Malheureusement, leur regard fut interrompu par Éric qui déposa les assiettes devant eux. Cameron aurait donné n'importe quoi pour revenir quelques secondes en arrière, dans cette bulle hors du temps où Mina et lui avaient eu l'impression d'être seuls au monde.

— Ça a l'air délicieux ! déclara-t-elle en regardant leurs plats, comme si de rien n'était.

Elle goûta une frite et gémit de plaisir en fermant les yeux. Cameron la regarda en souriant, tous ses sens en éveil.

— Tu ne manges pas ? lui demanda-t-elle en se tournant vers lui.

— Crois-moi, je vais très bien.

Il la dévorait toujours du regard. Mina se sentit rougir et prit une boulette pour se donner une contenance.

— Elles sont vraiment excellentes ! Tu veux goûter ? lui proposa-t-elle.

*Oui, j'ai très envie de goûter...*

— Bien sûr, répondit-il.

Mina lui approcha une boule de risotto de la bouche et Cameron mordit dedans, ses lèvres effleurant ses doigts. Tandis qu'il savourait le riz, Mina se mordilla la lèvre inférieure. Honnêtement, ce fut un miracle qu'il ne jouisse pas sur-le-champ rien qu'en la regardant.

Il avait toujours entendu dire que partager un repas pouvait être très sensuel et, pour la première fois ce soir-là, il en faisait lui-même l'expérience. Mais il ne savait toujours pas si Mina partageait le même désir que lui.

— C'est délicieux, dit-elle en finissant la boulette dans laquelle Cameron venait de mordre.

— Excellent. J'en prendrais volontiers une autre, ajouta-t-il en la regardant avec un sourire.

Il espérait qu'elle lui ferait goûter une autre bouchée, mais elle se contenta de pousser l'assiette vers lui.

— Alors, tu vas participer à l'émission de Nolan ? demanda-t-elle après avoir bu une gorgée de vin.

Il fallut quelques secondes à Cameron pour comprendre de quoi elle parlait.

— Oh, tu veux dire, est-ce que je vais aller parler de deux mots griffonnés sur ma poitrine à une heure de grande écoute ? Non, vraiment, je ne crois pas...

— Tu devrais ! l'encouragea-t-elle. Je peux t'accompagner si tu veux.

— M'accompagner ? Pourquoi ? demanda-t-il d'un air surpris.

— Je pourrais filmer ton interview et on pourrait utiliser les images pour faire la promotion de l'événement et du bar. Ce serait génial ! Je suis sûre que Brooke et Spencer en diffuseraient même un extrait dans leur émission.

— Tu sais, je ne rêve pas particulièrement de passer à la télé.

— C'est un peu tard pour t'en rendre compte, répondit Mina en arquant les sourcils. Ils vont diffuser ton passage dans le premier épisode, tu sais ? Non seulement tu as fait un tabac, mais en plus on voit parfaitement la nouvelle scène – et le premier épisode va se concentrer sur la conception et la construction de la scène.

— Ce sont eux qui t'en ont parlé ? De mon torse, je veux dire ?

— Non, mais ça semble évident.

Elle avait sûrement raison, pensa-t-il. *Réno Boutique* était une émission de rénovation et de relooking, mais dans le cas du *Fix*, les producteurs étaient ravis de pouvoir tirer parti du concours que le bar organisait. Ils n'hésiteraient sûrement pas à utiliser son passage sur scène dans les extraits et les teasers de l'émission. Il devait s'attendre à ce que sa petite plaisanterie soit mise en avant sur les télévisions de tout le pays...

*Génial !*

— En fait, j'ai une meilleure idée, reprit Mina. Tu devrais participer à l'émission de Nolan après avoir remporté l'élection de Mister Mars ! Après l'intermède comique du mois de février, tu deviendrais le Musclor du mois de mars !

Il secoua la tête en riant.

— Hors de question que je participe au concours de mars. Même pas en rêve !

Mina avait beau sous-entendre qu'elle avait aimé le voir torse nu, il ne changerait pas d'avis.

*Musclor*. Dans sa bouche, c'était presque un compliment.

— Oh, allez ! insista-t-elle en le regardant avec des yeux de chaton. Tu ne crois pas qu'il devrait participer à l'élection de Mister Mars ? demanda-t-elle à quelqu'un qui se trouvait derrière lui.

Il se retourna et tomba face à face avec Brent, qui vint se placer entre lui et Mina.

— Tout à fait ! confirma ce dernier en le regardant de ses yeux bleu acier.

— Non, je.... commença Cameron.

— Tu ne veux pas soutenir le bar qui t'emploie ? l'interrompit Brent d'un ton sévère.

Cameron semblait interloqué.

—Je.... euh... si, bien sûr, mais...

Brent éclata de rire.

— Désolé, je n'ai pas réussi à rester sérieux plus longtemps !

— Idiot ! lui lança Cameron, soulagé.

— Tu aurais dû voir ta tête ! continua le gérant, hilare. Ça valait vraiment la peine. Cela dit, reprit-il d'un ton plus sérieux, tu devrais participer. Je me suis laissé dire que tu étais arrivé à la deuxième place la semaine dernière ?

— Vas-y, toi, si tu trouves ce concours si génial ! rétorqua Cameron.

— Hmmm... ouais, mais non ! se défendit Brent.

— Voilà ! Donc, on est bien d'accord, conclut-il d'un air entendu.

Brent se contenta de sourire et se tourna vers Mina.

— J'étais venu te dire de ne pas retourner seule vers ta voiture. Quatre femmes se sont fait piquer leur sac dans le quartier, ces deux derniers jours.

— D'accord.

— Je la raccompagnerai, déclara Cameron en jetant un rapide coup d'œil à Mina.

Il s'attendait à ce qu'elle proteste – il l'avait suffisamment vue rejeter les attentions de Darryl, qu'elle trouvait trop protecteur. Mais, peut-être à cause de l'avertissement de Brent, ou pour une autre raison, elle acquiesça en souriant, ajoutant même qu'elle le déposerait chez lui en voiture. Il n'en revenait pas !

— Je n'ai droit qu'à ça, ce soir ? demanda-t-elle.

Elle faisait semblant de se plaindre en désignant son verre vide.

— Et je suppose que tu es venu ici en taxi ?

— J'ai une place de parking absolument parfaite juste à côté de chez moi, précisa-t-il avec un clin d'œil.

Mina rit. Il s'agissait d'une blague que Darryl et lui se faisaient depuis qu'ils avaient vécu en colocation, lors de leur première année d'université. C'était à celui qui trouverait la place la plus proche de leur appartement. Le perdant devait alors conduire à l'aller et au retour lorsqu'ils sortaient ensemble le soir.

— De toute façon, reprit Cameron, c'est mon troisième bourbon ce soir. C'est une bonne chose que tu me ramènes et que je n'aie pas à conduire.

— Vraiment ?

Elle se pencha vers lui et posa une main sur sa cuisse.

— Il faudra peut-être que je t'aide à aller jusque dans ta chambre alors ? ajouta-t-elle en le regardant droit dans les yeux.

*Putain ! Elle le draguait ou quoi ?*

Elle dut être surprise autant que lui, car elle se ressaisit aussitôt, se redressant sur son siège et détournant le regard.

— Hmmm... Je suis désolée. J'ai... J'ai oublié de demander quelque chose à Brent, balbutia-t-elle.

Sans lui laisser le temps de demander de quoi il s'agissait, elle sauta de son tabouret et se précipita vers la foule à la recherche de Brent.

Éric s'approcha de Cameron et s'accouda contre le bar, l'air confus, tandis qu'à l'autre extrémité, Aly préparait des cocktails. Depuis peu, elle partageait son temps entre le service aux tables et la préparation au bar.

— Tu en veux un autre ? demanda-t-il à Cameron. Encore mieux, tu peux nous rejoindre de ce côté-ci et nous aider ! plaisanta-t-il. Aly travaille bien, mais elle est lente. Et ce soir, il y a trop de monde pour qu'on puisse se permettre de ralentir...

— Sûrement pas ! rétorqua Cameron. Dis-toi que plus il y a de monde, plus nous avons de chances de conserver notre travail après le mois de décembre.

Comme venait de le rappeler Cameron, c'était la date limite pour redresser la situation du *Fix*. Il ne savait pas exactement combien d'argent il fallait, mais il savait que, si le chiffre magique n'avait pas été atteint avant le Nouvel An, alors Tyree et ses associés devraient vendre l'endroit.

Cette perspective déprimait Cameron et il décida d'accepter un autre verre.

Tandis qu'Éric allait prendre la bouteille de bourbon, Cameron chercha Mina du regard en se remémorant cet éclat dans ses yeux lorsqu'elle avait posé sa main sur sa cuisse. Il s'imagina approcher d'elle et l'embrasser passionnément.

Éric revint avec un sourire qui semblait indiquer qu'il avait compris à quoi Cameron était en train de penser, mais il eut la délicatesse de ne faire aucun commentaire. Il se contenta de servir le bourbon, d'ajouter de l'eau et de faire glisser le verre devant Cameron qui en but aussitôt une première gorgée.

Lorsqu'il eut presque terminé, Mina n'était toujours pas revenue.

Il fronça les sourcils, en proie à une jalousie qu'il ne se connaissait pas. Et si elle avait rencontré l'un de ses ex ? Et si elle s'était installée à la table de quelqu'un d'autre ? En même temps, ils n'étaient pas ensemble. Elle avait accepté de prendre un verre avec lui, mais cela ne voulait pas dire qu'elle devait rester attachée à lui toute la soirée.

Il leva le regard en direction de la foule et faillit soupirer de soulagement lorsque, enfin, il la vit apparaître. Elle lui souriait et lui faisait signe en s'approchant de lui.

— Désolée ! dit-elle en se rasseyant sur le tabouret. J'ai eu du mal à trouver Brent et je suis ensuite allée aux toilettes.

Il l'observait en souriant. Elle avait une bouche magnifique, avec des lèvres rose clair brillantes. De toute évidence, elle s'était remaquillée. Était-ce pour lui ?

— Que devais-tu demander à Brent ? s'enquit-il en faisant de son mieux pour paraître décontracté.

Au fond de lui, il ressentit à nouveau ce sentiment de jalousie. Il n'y avait jamais pensé auparavant, mais Brent était célibataire. Et beau, à en croire les œillades que lui lançaient les clientes.

Brent et Mina étaient-ils... ?

Il se força à penser à autre chose. Il n'avait pas envie d'en vouloir à Brent parce qu'il se faisait de fausses idées.

— Madame Westerfield a démissionné, répondit Mina.

— Qui ?

— Sa baby-sitter. Alors, je lui ai proposé de garder sa fille de temps en temps s'il avait besoin de quelqu'un.

— Vraiment ? C'est très gentil de ta part...

Elle rit.

— Ne sois pas étonné !

— Ah oui, pardon... balbutia-t-il. C'est que... Tu

n'as jamais gardé d'enfants. À l'époque du lycée, je veux dire. Si ?

Il faisait comme s'il le savait, mais en réalité, ils n'avaient pas fréquenté le même lycée – ce n'étaient que des suppositions.

— Ça ne doit pas être très compliqué, rétorqua-t-elle en haussant les épaules d'un air décontracté. Elle a cinq ans. Elle mange toute seule et n'utilise plus de couches.

— Mais elle a de l'énergie à revendre !

Elle le regarda d'un air amusé en croisant les bras sur sa poitrine.

— Très bien, monsieur... Pouvez-vous m'en dire un peu plus sur le sujet, puisque vous semblez vous y connaître ?

— En tout cas plus que toi, apparemment, la taquina-t-il. Figure-toi que je faisais du baby-sitting tous les mercredis et vendredis quand j'étais au lycée.

— Sérieusement ?

— Oui ! Nous avions besoin d'argent, alors ça me permettait d'en gagner un peu, expliqua-t-il avec franchise, sans chercher à dissimuler son passé bien différent de celui de Darryl et Mina.

Mais elle savait tout cela.

Cameron et Darryl s'étaient rencontrés un été,

dans un parc, près de la maison de Cameron, alors qu'ils n'étaient qu'en primaire. Cette année-là, Darryl et Mina passaient le mois de juin chez leur mère qui, après avoir divorcé de leur père, avait emménagé dans une petite maison tout près de celle où vivaient Cameron et sa sœur Kiki, avec leur grand-mère. Très vite, ils étaient devenus inséparables, surtout pendant les vacances d'été.

— Tu te souviens de madame Waring ? demanda Cameron.

— Évidemment ! Elle vivait au bout de la rue de notre mère. Elle avait, quoi, trois enfants ?

— Quatre. Et son mari est décédé alors que le dernier n'avait que cinq mois.

— C'est eux que tu gardais ?

— Exactement, confirma-t-il. C'était mieux que de faire des livraisons à vélo ou de travailler dans un fast-food.

— Hmmm, fit-elle en l'observant, les lèvres pincées.

— Quoi ?

— Tu as quelque chose de prévu dimanche ?

— Pourquoi ? demanda-t-il, sachant déjà qu'il annulerait tout ce qu'il pouvait avoir sur son planning si cela lui permettait de passer du temps avec elle.

— Parce que Brent a une réunion ici toute la matinée sur les rénovations, puis il a un rendez-vous l'après-midi.

— Avec qui ? s'enquit Cameron.

— Aucune idée. Il m'a dit que c'était Jenna qui le lui avait organisé.

De ce que Cameron savait, Jenna, Reece et Brent étaient meilleurs amis depuis toujours. Or, maintenant que Jenna et Reece étaient ensemble, Cameron supposait qu'elle essayait de trouver une fille pour Brent – qu'il soit d'accord ou pas, d'ailleurs !

— Laisse-moi deviner… Il t'a demandé de garder Faith ?

— Exactement ! s'exclama-t-elle. Et ce serait parfait si je pouvais avoir quelqu'un d'expérimenté à mes côtés ! Tu es libre ?

— Je ne suis pas sûr, en fait, répondit Cameron.

Il venait juste d'être promu au poste de directeur adjoint, le week-end, et Tyree lui avait donné sa journée du lendemain pour qu'il puisse se détendre et se reposer. Mais lorsqu'il avait consulté les plannings, Tyree n'avait pas encore affiché celui de dimanche.

Il le chercha du regard, mais il n'était nulle part. Étant donné le gabarit de Tyree, si Cameron ne le voyait pas, il devait être dans le bureau.

— Hé, Mike ! lança-t-il au jeune employé de dix-huit ans qui était en train de décharger des verres fraîchement lavés. Quand tu retourneras en cuisine, tu pourras passer la tête dans le bureau et dire à Tyree que j'aimerais lui poser une question ?

— Bien sûr, répondit-il avec le même sourire que celui de Reece, rappelant instantanément à Cameron que ces deux-là étaient de la même famille.

Ils étaient cousins, et apparemment très proches.

Quelques minutes plus tard, Tyree apparut et s'approcha de Cameron, qui se pencha pour lui poser sa question.

— Dimanche ? Oui, tu commences à seize heures et tu fais la fermeture, répondit Tyree.

— D'accord.

Cameron regarda Mina d'un air contrit avant de lancer à Tyree avec un sourire :

— Aucun problème !

— Mais justement, j'allais modifier le planning, reprit Tyree. Je serai là pour la réunion, et Jenna m'a dit qu'elle ferait la fermeture dimanche.

Cameron ne dit rien, craignant d'avoir mal compris.

— Tu peux considérer que c'est ton dernier week-end sans responsabilités, précisa Tyree. Tu commenceras ton nouveau poste à partir de vendredi soir prochain. Ça te va ?

— C'est parfait ! rétorqua Cameron, se forçant à garder les yeux rivés sur lui sans sourire comme un idiot à Mina.

Lorsque Tyree hocha la tête d'un mouvement ferme pour sceller l'accord, Cameron se tourna enfin vers elle.

— On dirait que je suis à toi ! lança-t-il avec un large sourire.

— C'est génial, s'exclama-t-elle en retour.

— Nous devons garder Faith, la fille de Brent, expliqua Cameron à Tyree, qui était toujours là.

— Hmmm, hmmm.

Il regardait Cameron et Mina d'un air entendu.

— On peut dire que tu sais t'amuser, fiston ! Je parle de la gamine, bien sûr ! ajouta-t-il avec un clin d'œil.

Cameron rit à la plaisanterie de son patron, même s'il se sentait un peu gêné par l'allusion qu'il venait de faire. Il n'avait jamais fait comprendre aussi clairement à Mina qu'elle lui plaisait. Il avait pourtant laissé des centaines d'indices et Tyree ne s'y était pas trompé. Mais Mina, les avait-elle vus ? Et dans ce cas, faisait-elle semblant de les ignorer ?

*Et merde !* Son estomac se noua à nouveau. Il

avait beau avoir vingt-quatre ans, il eut tout à coup l'impression d'en avoir quatorze.

Il ne sortait que rarement avec des filles. D'abord parce qu'il n'avait pas le temps, mais surtout parce qu'aucune ne lui faisait le même effet que Mina. Pourtant, à ce moment-là, il aurait tout donné pour être plus expérimenté et savoir comment draguer une fille.

Sur scène, le groupe entama une reprise de *Love Story*, de Taylor Swift. Il avait quatorze ans quand la chanson d'amour était sortie, et chaque fois qu'il l'entendait, il pensait à Mina.

— Il se fait tard, je vais rentrer, annonça-t-elle.

— Oui, tu as raison. Je paye et on y va ! dit-il en faisant signe à Éric.

Après qu'il eut réglé l'addition, ils prirent congé et se dirigèrent vers la sortie. Une fois dehors, Mina le guida jusqu'à sa voiture. Ils marchèrent le long de la 6e Rue en direction de l'est, puis ils tournèrent vers le sud dans l'une des rues perpendiculaires. Au fur et à mesure, la rue devenait de plus en plus sombre et déserte.

— Tu t'es garée à New York ? plaisanta-t-il après qu'ils eurent parcouru plusieurs pâtés de maisons.

Mina rit.

— Le parking à côté du bar était plein. J'ai dû

m'éloigner un peu. Mais on arrive, le rassura-t-elle en indiquant un panneau qui annonçait un parking payant.

Tout à coup, ils entendirent des bruits de pas derrière eux. Mina se retourna instantanément et aperçut un homme avec un sweat à capuche. Lorsque Cameron se retourna à son tour, il était pratiquement à leur niveau. L'inconnu poussa Mina sur Cameron, le faisant trébucher. Lorsqu'il se redressa et la prit dans ses bras, elle laissa échapper un cri.

— Mon sac à main ! s'exclama-t-elle en reprenant ses esprits. Cet enfoiré a coupé la sangle de mon sac à main !

*Fils de pute.*

Sans réfléchir, Cameron s'élança après le voleur. Il sentait son sang battre dans ses tempes tandis qu'il courait à toute vitesse, droit devant lui, avec comme seul objectif de rattraper l'homme et de lui coller son poing dans la figure. Il sentait la haine monter en lui et il espérait pouvoir venger Mina. Il détestait ce type qui non seulement lui avait fait peur, mais qui l'avait volée et avait osé la toucher.

— Cameron ! Cameron, arrête ! s'égosillait Mina, loin derrière lui.

Il perçut la peur dans sa voix. Malgré sa rage, il

s'arrêta et, haletant, se retourna pour voir si elle allait bien.

— Tu es fou ! Il a un couteau. Même si tu le rattrapais, ce serait trop dangereux.

— Ce connard, s'emporta Cameron. Quand je pense qu'il a osé mettre ses sales pattes sur toi...

Mina entrouvrit les lèvres – probablement pour lui reprocher d'avoir pris autant de risques – mais elle se mit à pleurer et fut incapable de dire quoi que ce soit.

Reprenant son souffle, Cameron regarda autour de lui dans le vain espoir d'apercevoir leur agresseur.

— Il est loin maintenant, de toute façon, déplora-t-il.

Il s'aperçut alors qu'elle tremblait, les joues baignées de larmes.

— Hé... C'est fini, tout va bien maintenant, la rassura-t-il en s'approchant d'elle, posant les mains sur ses épaules. Et puis, ce n'est pas si grave, il n'y a rien qui ne soit pas remplaçable dans un sac à main...

— Ce n'était que du maquillage, de toute façon, lui dit-elle entre deux sanglots. Après que Brent nous a parlé des agressions, j'ai pris soin de mettre mon permis de conduire et mon téléphone dans ma poche arrière.

— Alors, il n'y a rien dedans ?

— Non. Mais j'ai eu tellement peur qu'il te fasse du mal. Il avait un couteau ! Tu te rends compte, s'il s'était arrêté ? Il aurait pu te tuer.

Il la prit dans ses bras pour la rassurer. Il aurait aimé lui dire que tout allait bien et que la peur qu'elle avait ressentie pour lui était la chose la plus merveilleuse au monde. Mais il fut incapable de prononcer un seul mot, savourant la magie de l'instant.

Même s'il savait qu'il risquait de tout gâcher, qu'il aurait dû se contenter de l'étreindre avec tendresse, il ne put s'empêcher de poser ses lèvres contre les siennes en fermant les yeux.

CINQ

Mina ouvrit les lèvres et accueillit la langue de Cameron, se serrant contre lui. Elle sentait son cœur battre. Tout en elle le désirait. Elle ne voulait plus qu'une chose, se laisser aller dans ses bras et se sentir protégée. Elle le voulait contre elle, en elle.

Cameron l'embrassa passionnément, sa langue se mêlant à la sienne et ses dents effleurant sa lèvre inférieure. C'était un baiser qui semblait la réclamer, lui demander de s'abandonner totalement, et Mina y succomba avec délectation, se laissant submerger par la douceur de ce contact aussi fougueux et inattendu que sensuel.

Elle entendait le vrombissement des voitures qui passaient près d'eux, sentait les relents fétides de la rue et l'inconfort du mur en brique qui lui râpait le dos. Mais rien de tout cela n'avait d'importance. Pour rien au monde elle n'aurait voulu que ce moment s'arrête. Elle souhaitait sentir Cameron pour l'éternité, la force qui émanait de lui, son désir pour elle, et la passion qui les unissait.

Doucement, il détacha sa bouche de la sienne pour passer sa langue sur la commissure de ses lèvres, le long de sa joue et jusqu'à son oreille. Mina gémissait en fermant les yeux, sentant monter en elle un désir tellement fort qu'il était presque électrique. Son cœur battait à tout rompre tandis que tout son corps était enveloppé par une chaleur suave.

— Dis-moi que tu aimes ça, susurra Cameron d'une voix rauque qui la fit frissonner.

— Oui, répondit-elle, haletante.

— Moi aussi.

Mina passa sa langue sur ses lèvres asséchées par l'émotion.

— J'adore ton goût sucré, ajouta-t-il. J'ai envie de goûter chaque centimètre de ta peau…

— Cameron… murmura Mina, perdue dans des fantasmes tous plus doux et plus érotiques les uns que les autres.

C'était la première fois qu'elle prononçait son prénom avec une telle intensité. Dans sa bouche, cela devenait presque une supplique.

Comme s'il avait deviné son désir, Cameron effleura doucement les courbes de son corps, suivant la ligne de son épaule, de sa clavicule jusqu'à sa poitrine. Ses mamelons étaient durs et il les pinça légèrement à travers son t-shirt et la dentelle fine de son soutien-gorge.

La sensation était si envoûtante que Mina dut se retenir de ne pas crier, de ne pas le supplier de la toucher plus fort, plus brutalement. Elle avait envie de se perdre dans la tempête qui s'était déclenchée en elle ; se perdre en lui, se laisser submerger par la vague de ses baisers, de ses mains sur elle, de son souffle.

Gardant une paume sur son sein, Cameron fit descendre doucement son autre main le long de son corps jusqu'à se glisser sous son t-shirt.

— Oui... gémit-elle.

Lentement, il fit glisser sa main jusqu'à sa poitrine, remontant son t-shirt en même temps. Lorsqu'il fut au niveau de son soutien-gorge, il tira légèrement dessus pour libérer son sein qu'il prit dans sa bouche. Mina se mordit la lèvre pour ne pas hurler de plaisir.

Sa peau heurta le mur en briques, ramenant Mina à la réalité. Ils étaient dans la rue, et n'importe qui aurait pu les surprendre. Mais peu lui importait.

Elle voulait seulement qu'il continue, qu'il fasse durer le moment et monter le plaisir.

Lâchant son sein, il commença à déboutonner son jean, mais pour aller plus vite, elle le repoussa et le fit elle-même, tirant sur sa fermeture éclair.

— J'ai tellement envie de toi, murmura-t-elle.

Plus que tout, elle désirait sentir son corps sur le sien, se sentir recouverte et protégée par lui.

Dans un gémissement rauque, il enfouit son visage dans son cou et fit glisser ses doigts à l'intérieur de son jean, puis dans sa culotte. Fermant les yeux, Mina serra plus fort ses bras autour de lui.

— Tu es tellement mouillée, constata-t-il avec surprise et excitation.

— S'il te plaît...

Ce fut la seule chose qu'elle parvint à prononcer, comme pour l'implorer de continuer, tandis qu'elle passait les doigts dans ses cheveux, l'attirant encore plus près.

Cameron enfonça alors ses doigts en elle.

— Oui ! cria-t-elle, sa bouche contre la sienne.

Son gémissement se perdit dans le souffle de Cameron, qui faisait aller et venir ses doigts de plus en plus vite.

— J'adore te sentir autour de mon doigt, souffla-t-il.

— Cameron... J'ai tellement envie de toi !

— Moi aussi...

— Prends-moi, supplia-t-elle, oubliant même qu'ils étaient en pleine rue.

Elle n'avait plus aucun repère et se sentait totalement enivrée. Elle n'avait pourtant bu qu'un seul verre de vin, mais c'était comme si elle n'avait plus peur de rien. Seuls son désir et son excitation existaient. Le besoin était si intense qu'il en était presque douloureux. Elle bougea les hanches pour sentir davantage ses doigts au fond d'elle, se mordant les lèvres afin de retenir le cri qui menaçait de sortir à tout moment sans se soucier d'être en public.

— Tu es incroyable, murmura-t-il. J'ai envie de toi et j'ai tellement bu ce soir que je suis prêt à te prendre ici, en pleine rue.

— Oh oui, prends-moi, l'implora-t-elle, ondulant toujours sur ses doigts, agrippée à lui de toutes ses forces...

— Mina, murmura-t-il comme un poème, ses lèvres caressant le coin de sa bouche. Je te sens tellement bien que ça me donne presque le vertige. J'ai envie de te retourner et de te prendre contre ce mur. Ensuite, je me mettrais à genoux et je t'écarterais les jambes pour te caresser avec ma langue, jusqu'à ce que tu me supplies de te faire jouir.

— Oui, vas-y, gémit-elle, transportée par ce qu'il venait de lui dire, prête à se damner pour lui. S'il te plaît.

— J'en meurs d'envie, répondit-il d'une voix qui exprimait une certaine douleur. Tu ne peux pas savoir à quel point...

Elle plongea son regard dans le sien alors qu'il semblait hésiter.

— ... Mais pas maintenant, murmura-t-il d'un air contrit. Pas comme ça.

⁎

Cameron n'en revenait pas d'avoir renoncé à aller plus loin – alors même que tout lui criait de continuer, de la retourner, de l'attraper par les seins et de la prendre avec vigueur. Il avait envie d'effacer de la mémoire de Mina tous les hommes qu'elle avait pu avoir auparavant afin que, désormais, elle ne veuille plus que lui.

*Et il le ferait.*

Mais pas comme ça. Pas dans une ruelle nauséabonde.

Elle méritait des chandelles et des draps de soie. Des fraises et du champagne. Elle méritait au moins un lit, et non des briques qui lui griffaient le dos.

Après leur première fois, il voulait qu'elle se souvienne de son odeur à lui, et non de celle des pots d'échappement et des poubelles.

— Cameron, je t'en supplie…

Elle était là, devant lui, sa bouche à seulement quelques centimètres de la sienne, tandis qu'il l'encerclait de ses bras, les paumes plaquées contre le mur derrière elle. Elle l'implorait, de sa voix suave et de son regard vert qui le faisait chavirer chaque fois qu'il y plongeait.

Il sentit son sexe se durcir à nouveau et l'excitation reprendre le dessus sur sa résolution. En la regardant, il avait du mal à réaliser que l'objet de ses rêves, de ses fantasmes, veuille enfin de lui. Cela suffisait à lui faire oublier tout le reste.

Elle prit ses bourses dans sa main et il ferma les yeux en sentant un frisson d'excitation le traverser. Il se sentait à la fois aussi faible qu'un chaton et aussi fort qu'Hercule. Se penchant vers elle, il enfouit son visage dans le creux de son cou et s'enivra de son parfum.

— Je t'en supplie, Cameron, répéta-t-elle dans un souffle à peine audible.

Sa voix, cette douceur quand elle prononçait son prénom… Il prit ses fesses parfaites dans ses paumes et l'attira brutalement contre lui dans une envie féroce de sentir chaque partie de son corps, ses cuisses, son sexe, ses seins. Leurs cœurs battaient à l'unisson et il savait que si elle répétait une fois son prénom, une seule fois, il ne pourrait plus résister et la prendrait là, contre ce mur – tout en sachant qu'il le regretterait le lendemain. Sa voix était un enchantement et il était prêt à se laisser envoûter.

Alors qu'il était sur le point de succomber, il rassembla son courage et laissa sa détermination reprendre le dessus.

— Pas ici, murmura-t-il en reculant, dans un effort qui lui sembla largement supérieur à tous ceux qu'il avait fournis jusque-là.

Pour la première fois depuis des années, il regretta de ne plus vivre dans la maison, au sud d'Austin, dont sa sœur Kiki et lui avaient hérité de leur grand-mère. Une grande maison où il était facile d'avoir de l'intimité.

Désormais, elle était louée et Cameron vivait en colocation. Ses finances ne lui permettaient pas de prendre un logement indépendant. Et il était hors de question qu'il fasse l'amour à Mina dans son lit miteux, avec son colocataire qui ne manquerait pas de se branler dans la chambre voisine en écoutant leurs gémissements et les grincements du lit.

— Chez moi, alors ? suggéra-t-elle d'une voix rauque et suppliante qui le fit frissonner.

— Tu es sûre ?

— Je n'ai jamais été aussi sûre ! répondit-elle avec un léger sourire.

*Merci, mon Dieu !*

Cameron n'arrivait pas à croire que Mina, la femme dont il avait toujours rêvé, la sœur de son meilleur ami – lequel veillait sur elle comme du lait sur le feu –, venait de l'inviter à dormir chez elle. Elle lui avait toujours paru à ce point inaccessible qu'il avait toujours pensé qu'il serait plus facile pour lui de grimper jusqu'au paradis par une échelle que de sortir avec elle. Peut-être que le paradis existait finalement ?

Il recula pour la laisser marcher, mais lui tint la main, incapable de rompre le contact.

— Tu vas pouvoir conduire ?

— Oui, ça va, répondit-elle en passant la langue sur ses lèvres, tout à coup incertaine. Et toi, ça va ?

— Je ne conduis pas...

— Ce n'est pas ce que je voulais dire... répondit-elle en détournant le regard.

— Je sais ce que tu voulais dire. Tout va bien. Je sais ce que je fais, je suis lucide, et...

Il porta sa main à ses lèvres et y déposa un baiser.

— ... j'avais envie de ça depuis aussi longtemps que je m'en souvienne. Il me fallait simplement quelques verres de bourbon pour me donner le courage de me lancer.

— Je suis très heureuse que le bourbon ait été créé, alors, dit-elle en riant, manifestement soulagée.

— Moi aussi, ajouta-t-il en souriant.

Elle sortit les clés de sa poche. Une fois de plus, Cameron admira la présence d'esprit dont elle avait fait preuve en les retirant de son sac.

— Nous ne sommes plus très loin, fit-elle en reprenant la marche.

En effet, il ne leur fallut que quelques minutes pour atteindre sa Mercedes sportive, puis seulement vingt minutes supplémentaires pour se rendre du centre-ville à sa maison, située sur la rive sud du Colorado, juste à côté de l'île Redbud. Pour Cameron, c'étaient vingt minutes de trop.

Elle se gara au bout de l'allée, aussi près que possible de l'entrée de son appartement. Ils n'en avaient pas parlé, mais l'un et l'autre savaient qu'ils devaient se dépêcher. D'abord parce que, plus vite ils seraient rentrés, et plus vite ils pourraient être à nouveau l'un contre l'autre, mais aussi parce qu'ils ne voulaient pas que Darryl les voie.

Mina s'empressa de mettre la clé dans la

serrure, puis en riant, elle ouvrit la porte et l'entraîna avec elle. Lorsque la porte se referma enfin sur eux, ils se regardèrent un instant sans bouger. La lumière de l'entrée brillait au-dessus de leurs têtes. C'était comme s'ils avaient été projetés du monde sombre des rêves à celui de la réalité éclairée.

— Mina, dit-il, doutant tout à coup de lui-même, de la situation, de tout.

Elle fit un pas en arrière et s'adossa à la porte qu'elle venait de refermer, la poignée dans sa main comme pour conserver la possibilité de la rouvrir, de revenir en arrière, à tout moment.

— Je...

Elle s'interrompit pour prendre une profonde inspiration, comme pour remettre ses idées en place.

— Ça va te sembler fou, dit-elle, mais je regrette presque que nous ne soyons pas restés dans cette horrible ruelle.

— Tu veux que je parte ? demanda-t-il en fronçant les sourcils, incertain de ce qu'elle voulait dire.

— Non.

Pourtant, elle semblait signifier le contraire.

— C'est juste qu'en y repensant... je veux dire...

Elle parlait si doucement qu'il dut tendre l'oreille pour l'entendre. Mais soudain, un désir sauvage, presque animal, l'envahit tandis qu'il comprenait ce qu'elle voulait dire.

C'était justement cela qu'elle voulait. Cette brutalité. Ce désir provoqué par la peur qui les avait submergés tous les deux, dans cette ruelle lugubre, faisant voler en éclats toutes leurs inhibitions. Car Cameron savait parfaitement que si ce voleur n'avait pas emporté son sac, Mina se serait contentée de le ramener chez lui et de lui souhaiter bonne nuit. Or, grâce à lui, à la peur que Mina avait ressentie, l'un et l'autre avaient éprouvé le besoin de se sentir vivants, au point qu'ils avaient bien failli baiser en pleine rue.

Ils venaient de franchir un cap. Un cap que Cameron avait rêvé de franchir presque toute sa vie. Il était hors de question qu'il revienne en arrière. Pas maintenant !

S'approchant d'elle, il passa une main dans ses cheveux et plongea son regard dans le sien. Son cœur battait à toute allure, mais il parvint à donner l'impression d'être calme et de contrôler la situation. Il allait enfin transformer la fiction en réalité.

— Tu peux encore me demander de partir, murmura-t-il. C'est toi qui choisis...

Il approcha son visage du sien et l'embrassa doucement.

— Je vais te déshabiller, Mina, reprit-il. Je vais

t'écarter les jambes, me mettre à genoux et te faire jouir comme jamais tu n'as encore joui. Et ce ne sera que le début... Alors, si tu veux que je parte, il faut me le dire maintenant. Parce que quand j'aurai commencé à te toucher, je sais que je ne pourrai plus m'arrêter.

Il retint son souffle, pendu à ses lèvres. Il craignait qu'elle ait changé d'avis et qu'elle pense désormais que tout cela était une erreur. Il savait que, si elle lui demandait de partir comme il le lui avait proposé, tout son monde s'écroulerait. Lorsqu'elle entrouvrit les lèvres pour parler, la peur le tétanisa. Mais, elle ne répondit rien et se contenta de l'embrasser.

— Bonne réponse, murmura-t-il.

Mina le regarda en souriant, les yeux emplis d'amour. Il se sentit fondre. Jamais il n'avait aimé autant avant elle.

— Lève tes bras, lui ordonna-t-il en lui retirant son t-shirt.

Sentant l'air de la pièce caresser sa peau, Mina frissonna. Excitée, elle se mordit doucement la lèvre inférieure et le regarda avec un désir qui le rendit fier et lui donna de l'assurance. Le simple fait qu'elle ait autant envie de lui le fit durcir et décupla son envie de la prendre, de la posséder.

Lentement, Mina ôta le reste de ses vêtements et se tint nue devant lui.

— Tu es magnifique, murmura-t-il en regardant ses joues rougir légèrement.

— Jamais je n'avais imaginé que tu puisses être comme ça, admit-elle.

— Ça veut dire que tu as pensé à moi, alors ? répondit-il en souriant, sa queue encore plus dure à l'idée qu'elle ait pu fantasmer sur lui. Comment m'imaginais-tu ?

— Doux, répondit-elle simplement en le regardant dans les yeux.

— Je peux aussi être doux, déclara-t-il en riant. Tu préfères ?

Il contempla son visage, ses yeux brillants de désir, puis il descendit vers ses seins, ses mamelons durs... Elle ne voulait pas de douceur.

— Pas ce soir, répondit-elle, confirmant son intuition.

— La prochaine fois, alors ! suggéra-t-il, fou d'excitation. Dis-moi ce que tu veux ce soir ?

Il le savait déjà, mais il voulait l'entendre de sa bouche.

— Je veux que tu me fasses ce que tu m'as dit dans la ruelle. Mais peut-être étais-tu encore sous l'effet du bourbon ?

— Je n'ai pas besoin de bourbon pour être enivré lorsque je suis près de toi. Chaque fois que je te vois, j'ai envie de te prendre.

— Alors prends-moi, lui dit-elle en passant sa langue sur ses lèvres.

Il l'embrassa. Il adorait son désir assumé, son espièglerie.

— Je crois que je vais le faire, en effet, susurra-t-il à son oreille.

Il voulait prendre son temps, savourer chaque seconde de cet instant magique. Lentement, il caressa et embrassa son corps, descendant de plus en plus bas.

Il essayait de mémoriser sa peau, ses réactions, les endroits qui la faisaient trembler, gémir. Il se délectait de la voir ainsi offerte devant lui, prête pour lui. Il s'enivrait de son désir, de son parfum.

Lorsqu'il fut certain d'avoir exploré chaque centimètre de sa peau, il se mit à genoux devant elle, comme il le lui avait promis, et se mit à embrasser doucement son ventre, cheminant jusqu'à son entrejambe.

Doucement, il passa la langue sur son clitoris. Elle était humide, sucrée, féminine. Il la sentit frémir tandis qu'elle enfonçait les mains dans ses cheveux, comme pour s'agripper à lui et ne pas sombrer. Il réalisa alors qu'elle était déjà sur le point de jouir et fut flatté de provoquer en elle une telle vague de désir. Il lui écarta les cuisses et la lécha plus fort, se délectant de son parfum.

Lorsqu'il sentit qu'elle était sur le point de jouir, il s'arrêta et se releva pour l'embrasser.

— Je t'en prie, fais-moi jouir.

— Pas encore, murmura-t-il en lui prenant la main pour la conduire dans la chambre.

Il avait envie de la prendre, de la faire crier, de l'entendre prononcer son nom. Impatient, il commença à défaire sa chemise et à enlever ses chaussures tandis qu'ils se dirigeaient vers la chambre. Lorsqu'ils arrivèrent, Mina, encore plus impatiente que lui, l'aida à se défaire des vêtements qu'il lui restait.

Lorsqu'enfin, il fut nu, elle explora son corps du regard, comme il avait exploré le sien.

— Je sens que ça va être rapide, dit-elle en regardant son sexe.

Il rit.

— Tu as un préservatif ?

— Un seul, dans mon portefeuille, répondit-il. Je n'avais pas prévu cette soirée...

— Ne t'inquiète pas, je suis du genre prévoyante ! fit-elle en souriant. J'en ai...

— Je pense que nous allons en avoir besoin, lui dit-il en l'empoignant par les fesses et en l'approchant de lui. Sur le lit !

— Non ! À mon tour de prendre les commandes, répondit-elle avec espièglerie, lui faisant signe de s'allonger.

Il obéit sans se faire prier et elle le chevaucha, ses fesses frottant contre sa queue.

— J'ai envie de te faire languir un peu, murmura-t-elle.

— J'adore ta conception de la torture.

S'étendant sur lui, elle l'embrassa, l'enveloppant de sa chaleur.

— J'adore ton torse, murmura-t-elle en y posant délicatement les lèvres. Tu continues le sport ?

— Oui, madame !

— Et ta boucle d'oreille... ajouta-t-elle en prenant doucement son lobe dans sa bouche. Je trouve ça terriblement sexy.

Elle le regarda droit dans les yeux avant d'ajouter, passant doucement son doigt sur sa bouche :

— Et ces lèvres... Elles me font fondre.

Elle l'embrassa langoureusement, aspirant ses lèvres dans sa bouche, et elle sentit la verge de Cameron durcir instantanément.

— Mina, si tu continues, tu vas me faire jouir avant même que je te prenne, gémit-il.

Sans prêter attention à son avertissement, d'un air provocateur, elle descendit jusqu'à sa queue et la prit doucement dans sa bouche.

Fermant les yeux, Cameron s'abandonna à l'intensité du plaisir qu'elle provoquait en lui. Tout son corps semblait réduit à son sexe sur la langue de Mina. La sensation était si forte qu'une vague de plaisir se mit à monter en lui, de plus en plus vite, et...

— Mina ! lui dit-il en lui prenant le visage.

Rassemblant toutes ses forces, il se retira de sa bouche, puis la retourna pour la chevaucher à son tour, hors d'haleine.

— J'ai envie d'être en toi.

— Oui, souffla-t-elle, le serrant avec fougue.

Son sexe était plus dur qu'il ne l'avait jamais été. Il aurait pu jouir rien qu'en regardant sa vulve douce, rose et humide.

— Je crois que ce sera rapide, dit-il en déroulant un préservatif avant d'entrer en elle d'un seul coup. Je suis incapable d'aller lentement.

— C'est parfait. J'ai envie que tu me prennes fort, répondit-elle dans un souffle, bougeant les hanches pour sentir sa queue plus profondément en elle.

Cameron l'embrassa, faisant pénétrer sa langue dans sa bouche en même temps que sa queue entre ses jambes. Il allait et venait de plus en plus fort, s'efforçant de ne pas jouir trop vite tout en procurant à Mina le maximum de plaisir.

Lorsqu'il la sentit se contracter autour de lui, il ne put se retenir davantage.

— Jouis avec moi, grogna-t-il.

Mina se cambra, resserrant son étreinte, et sentit l'orgasme monter du plus profond d'elle-même. Elle haleta, gémit et cria jusqu'à se laisser submerger, vaincue par le plaisir. Avec un dernier coup de reins, Cameron hurla dans une extase éblouissante.

Épuisé, il s'effondra à côté d'elle et passa son bras autour d'elle pour l'approcher de lui. L'un contre l'autre, ils se laissèrent envelopper par la chaleur de leurs corps et le contre-coup du plaisir, essayant encore de comprendre ce qui venait de leur arriver.

Tout à coup, Cameron prit conscience de la situation. C'était Mina qui était contre lui, nue. C'était la femme qu'il avait toujours désirée. La sœur de son meilleur ami. La petite sœur sur laquelle Darryl veillait depuis toujours... Il inspira profondément, déboussolé par cette réalité. Le mieux, pensa-t-il, c'était de partir et de prendre le temps de réfléchir calmement à tout cela.

— Hé ! protesta-t-elle alors qu'il se relevait. Qu'est-ce que tu fais ?

— Je crois qu'il vaut mieux que j'y aille, répondit-il, s'éloignant d'elle à contrecœur pour s'asseoir au bord du lit.

— « Que tu y ailles » ? répéta-t-elle, incrédule.

— Il est tard, fit-il en cherchant son pantalon du regard. Je vais peut-être rentrer à pied. Si j'appelle un taxi, j'ai peur que Darryl entende la voiture et se réveille. Je ne pense pas qu'il...

— Cameron... l'interrompit-elle en s'approchant de lui pour le prendre dans ses bras.

— Mina, je...

— Reste, l'implora-t-elle sans le laisser terminer. J'ai envie de recommencer.

Il la regarda avec un soupir, mais il comprit qu'elle avait gagné.

## SIX

Mina se réveilla lentement, baignée par un flot de sensations agréables et la lumière du soleil qui filtrait à travers la fenêtre. Elle sentait le souffle réconfortant de Cameron dans son cou, ses bras autour d'elle, et – plus agréable encore – son sexe en érection contre ses fesses.

Elle bougea légèrement contre lui en se demandant s'il était réveillé ou s'il dormait encore. Cela ne l'aurait pas surprise, car la nuit, elle-même faisait des rêves tous plus érotiques les uns que les autres. D'ailleurs, si Cameron était dur, elle sentait qu'elle aussi était déjà toute mouillée.

Elle espérait vraiment qu'il soit réveillé.

— Attention, murmura-t-il soudain d'une voix

enrouée par le sommeil. Recommence encore une seule fois et je te garde au lit toute la matinée...

Elle rit en passant ses bras derrière elle pour caresser son visage, ondulant à nouveau contre lui.

— Tu l'auras voulu, menaça-t-il en la mettant sur le dos pour monter sur elle. N'essaye même pas de t'échapper, tu es ma prisonnière, ajouta-t-il avec un sourire et des baisers dans le cou.

— J'adore être prisonnière !

Elle éclata de rire en remontant le drap sur lui.

Cameron lui suçota les seins et elle ferma les yeux de plaisir.

— Tu aimes ? demanda-t-il en relevant le visage vers elle.

— J'aime tout ce que tu me fais.

— Tant mieux, car je sens que je ne suis pas près de m'arrêter.

Alliant le geste à la parole, il descendit le long de son corps jusqu'à son sexe, faisant tomber le drap que Mina venait de remonter, découvrant ainsi son torse musclé.

Les paupières closes, elle se concentra sur le plaisir de sa langue entre ses jambes et de sa main qu'il avait gardée sur sa poitrine, faisant rouler son mamelon entre ses doigts. La sensation était si intense qu'elle aurait pu jouir juste comme ça, avec sa langue qui l'explorait et sa main sur son téton. Tout en caressant elle-même son autre sein, elle bougea les hanches pour mieux sentir sa langue et lâcha un gémissement de plaisir.

Elle avait l'impression d'être prise dans un tourbillon, victime de la passion qui les unissait. Elle se sentait de plus en plus vulnérable, incapable de contrôler quoi que ce soit. Leur mouvement ressemblait à une danse instinctive, un rituel presque animal qui les dépassait.

Lorsqu'il enfonça deux doigts en elle, elle sentit comme une décharge électrique lui parcourir le corps jusqu'au cœur, puis irradier dans chacun de ses membres comme un tsunami emportant ses cellules dans une immense vague de plaisir.

— Encore, supplia-t-elle, pantelante.

Les lèvres entrouvertes, la tête penchée en arrière, elle gémissait de plus en plus fort lorsque, tout à coup, la porte de sa chambre s'ouvrit en grand.

— Darryl ? s'exclama-t-elle, les yeux écarquillés. Mais qu'est-ce que tu fais là ? cria-t-elle en remontant hâtivement le drap sur Cameron, qui cessa de bouger instantanément, le visage plaqué contre le sexe tendre et humide de Mina.

— Tu as dit « *entrez* » ! s'excusa Darryl, mortifié.

— J'ai dit « encore ! », idiot ! Va-t'en, hurla-t-elle,

horriblement embarrassée d'être dans une telle position devant son frère.

Immobile, Darryl observa le renflement sous le drap, les sourcils froncés. Il savait que sa sœur avait des aventures – Jeff, par exemple – et il désapprouvait sa vie qu'il jugeait trop légère. C'était sa petite sœur et il voulait le meilleur pour elle.

— Dégage ! insista-t-elle.

— Oui... heu... désolé, balbutia-t-il. Comme tu m'avais dit que tu allais courir ce matin, je n'avais pas imaginé que tu aurais ramené quelqu'un à la maison.

*Merde* ! Les cinq kilomètres ! Elle avait complètement oublié. Il fallait à tout prix qu'elle appelle Taylor pour s'excuser.

— Est-ce qu'on peut parler de ma forme physique plus tard ? Je suis assez occupée pour le moment, répondit-elle avec ironie.

— Heu... Oui... Bien sûr, évidemment. Aucun problème, bafouilla Darryl. Je voulais juste savoir à quelle heure je devais dire à Zach de venir ce soir.

Elle sentit Cameron se raidir entre ses jambes et se retint de hurler à son frère qu'elle n'était pas intéressée par une rencontre forcée, encore moins par un mariage arrangé.

— Six heures ? C'est bien six heures pour un

rendez-vous à la con, non ? Maintenant, fous le Camp d'ici !

Il éclata de rire – le *salaud* – puis commença à fermer la porte.

— Au fait ! lança-t-il en rouvrant au dernier moment, un grand sourire aux lèvres. Je déjeune avec le juge. Si jamais toi et ton sex-toy avez l'intention de vous baigner nus dans la piscine, je te rappelle que la maison est équipée de caméras de surveillance...

Elle attrapa Monsieur Miaou, le chat en peluche qui trônait sur son étagère depuis qu'elle était petite, et le jeta à la figure de son frère, qui l'esquiva en fermant précipitamment la porte.

Elle sentit alors Cameron se détendre et émerger lentement. Il posa sa tête à côté de la sienne et lui prit la main, tandis qu'ils expiraient tous les deux bruyamment.

— Putain ! souffla-t-il.

*Ça résume parfaitement la situation*, pensa-t-elle en fixant le plafond.

Ils restèrent silencieux pendant au moins cinq longues minutes, puis Cameron se tourna vers elle, appuyé sur son coude. De sa main libre, il traça des motifs aléatoires sur son ventre, la faisant frissonner. De nouveau, elle eut envie de lui. Jamais elle n'aurait pu imaginer que Cameron, *le* Cameron qui avait passé tout son temps à l'embêter lorsqu'ils étaient enfants, soit un amant aussi tendre.

*Non*, corrigea-t-elle mentalement. *Pas tendre.* Certes, il l'était, mais il y avait aussi de la vigueur en lui, une force virile à laquelle elle se soumettait totalement et volontiers.

Elle aimait les hommes qui dominaient – elle le savait. Mais elle n'avait jamais regardé Cameron comme un dominateur. Il était si gentil, si *profondément* gentil... En plus d'être intelligent, drôle et sérieux. Elle appréciait toutes ces qualités chez lui. Elle était exigeante avec elle-même, dans son travail et dans ses études, et elle savait reconnaître l'exigence chez les autres. Elle admirait cela. Pourtant, elle n'avait jamais vu cet aspect de Cameron auparavant, peut-être parce qu'elle avait mal regardé, ou peut-être qu'il avait toujours été, jusque-là, dans l'ombre de Darryl.

— À quoi penses-tu ? lui demanda-t-il en caressant doucement la courbe de sa hanche. À la réaction de ton frère lorsqu'il est entré dans la chambre ?

— Il y a un peu de ça, mais pas seulement...

— J'adore ton côté mystérieux, plaisanta-t-il en lui mordillant le lobe.

— En fait, je pensais à toi.

— Ah bon ?

Il la dévisagea, à la fois flatté et méfiant.

— Et que te disais-tu ?

— Que tu m'as surprise, Cameron Reed.

— Vraiment ? Je suis sûr que je peux te surprendre à nouveau... rétorqua-t-il avec un sourire.

— Permets-moi d'en douter.

C'était une provocation. Sans répondre, Cameron glissa la main entre ses cuisses, puis enfonça profondément deux doigts en elle.

— Surprise... murmura-t-il.

Il sentait sa verge durcir à nouveau tandis qu'il enfonçait les doigts dans son sexe chaud et luisant. Il avait le sentiment qu'il ne pourrait jamais se lasser d'elle. Même s'il craignait la réaction de Darryl lorsqu'il apprendrait leur relation, il se sentait au septième ciel.

— Cameron, soupira-t-elle en se cambrant sur ses doigts. Je ne sais pas ce que tu me fais...

— J'essaie simplement de te faire jouir, répondit-il en laissant aller et venir ses doigts en elle. Mais si tu veux, j'arrête ?

— Surtout pas. C'est parfait. Je voudrais que ça dure toujours.

Lui-même ne demandait pas mieux et il continua jusqu'à ce que l'orgasme la terrasse, dans ses bras. Alors qu'elle l'enlaçait, il ressentit une réelle satisfaction de lui avoir procuré un plaisir aussi intense.

— Il faut vraiment qu'on arrête, murmura-t-elle en s'étirant tandis que les derniers frissons de l'extase s'évanouissaient. J'ai joui tellement fort que j'ai le sentiment de ne plus être tout à fait moi-même, ajouta-t-elle en plongeant sa tête dans son cou, ses seins fermes et chauds pressés contre son torse musclé.

— Tu es parfaitement toi-même, la rassura-t-il en faisant glisser sa main dans son dos, jusque sur ses fesses.

— Mouais... grogna-t-elle. Je crois que je sais ce qui nous est arrivé.

— Tu parles de cette incroyable passion qui s'est emparée de nous ? répondit-il en souriant.

— Ce n'est que le résultat. Mais je crois que j'en connais la cause.

— Tu m'intrigues, murmura-t-il d'une voix rauque en caressant doucement sa peau nue.

— Nous avons appuyé sur un interrupteur.

Cameron réfléchit un instant à ce qu'elle voulait dire.

— C'est comme si toi et moi, nous avions toujours tâtonné dans le noir jusqu'à ce qu'un jour, l'un de nous finisse par allumer. Et c'est comme si nous nous étions vus pour la première fois. Nous avons toujours été à côté l'un de l'autre, mais sans jamais nous voir réellement.

— Moi, je t'ai toujours vue, confessa-t-il. J'en ai envie depuis que nous sommes petits.

— De ça ? s'étonna-t-elle en le regardant avec un sourire. Tu étais un petit garçon très précoce !

Il rit.

— À l'époque, je voulais surtout partager ta limonade, m'asseoir près de toi et essayer de te voir quand tu mettais ton maillot de bain derrière une serviette...

— Pervers ! lança-t-elle en riant.

— Et toi ? Est-ce que tu fantasmais sur moi quand tu étais petite ?

— Euh... non, désolée, admit-elle d'un air gêné.

— Et maintenant ?

Son rire était aussi doux que du miel.

— Maintenant ? Maintenant, j'ai des tonnes de fantasmes avec toi.

— Alors, je suppose que tu as raison. Tu as enfin appuyé sur l'interrupteur.

Elle l'embrassa doucement.

— Oui, fit-elle d'une voix tendre.

— Tu crois que tu as bien fait ?

— Pourquoi, tu en doutes ?

— Sûrement pas !

— Ouf ! Tu m'as fait peur. Oui, je crois que j'ai très *très* bien fait...

— Et ces fantasmes, alors ?

— Ils sont très agréables, répondit-elle en soupirant, les yeux fermés.

— Raconte-moi.

Elle rouvrit les paupières et se contenta de sourire en secouant la tête.

— Désolée, monsieur. Vous allez devoir patienter, finit-elle par répondre. Nous devons nous activer. Je te rappelle que j'ai une fête à organiser !

— Je peux t'aider si tu veux ?

Pendant une seconde, elle hésita. Puis elle se redressa, plantant ses coudes dans le ventre de Cameron qui réussit à ne pas se plaindre.

— Non, ça va. Je vais gérer...

Cameron avait la vague impression qu'elle le tenait à l'écart.

— Tu es sûre ? Ça ne me dérange pas, insista-t-il.

— Non, vraiment, je t'assure, tout va bien.

Elle plaqua le drap contre sa poitrine.

— C'est samedi, j'imagine que tu as plein de choses prévues. Je vais aller prendre une douche, déclara-t-elle en se tournant pour se lever du lit.

— Attends ! fit-il en attrapant sa main. Et pour ce soir ?

Elle le regarda d'un air interrogateur.

— Ce soir ?

— La fête, précisa-t-il. Avec ce gars, Zach... On ne devrait pas...

— Quoi ? l'interrompit-elle d'un ton sec.

Cameron ne put s'empêcher de déceler de la panique dans sa voix, mais il fit de son mieux pour rester calme. Ce qu'il ressentait en elle venait peut-être seulement de lui ? Peut-être s'agissait-il tout simplement de cette sensation que l'on éprouve lorsque l'adrénaline redescend et que l'on quitte une bulle de passion pour revenir à la réalité ?

— Je pense qu'on devrait le dire à Darryl, finit-il par répondre.

Un bref instant, elle sembla confuse.

— Euh... tu veux dire pour nous ?

— Oui. S'il essaye de te caser avec...

Elle l'interrompit en levant la main.

— Crois-moi, je ne suis pas intéressée par Zach. Et je doute que lui s'intéresse à moi...

— Okay... répondit-il d'un air dubitatif.

— Quant à dire à Darryl pour nous deux... Je crois que c'est vraiment une très mauvaise idée.

— Pourquoi ?

Il se redressa en se couvrant avec la couette, étant donné que Mina avait accaparé le drap.

— Parce que... C'était super. C'était incroyable même, et je ne sais pas pour toi, mais moi j'espère vraiment que nous recommencerons.

*Ouf !*

— Oui, répondit-il, s'efforçant de ne pas trahir sa joie. Moi aussi.

— Mais après ? poursuivit-elle. Je veux dire, à la période de Noël par exemple, lorsque nous aurons déménagé tous les deux. Nous nous retrouverons pour les vacances, mais si Darryl sait ce qu'il s'est passé entre sa petite sœur et son meilleur ami, la situation risque d'être gênante. Alors que s'il ne sait rien... conclut-elle en haussant les épaules.

Il la regarda fixement, incrédule.

— Cameron ? Tu comprends ce que je veux dire, n'est-ce pas ?

C'est alors qu'il comprit que Mina Silver était une magicienne. En une seconde, sans même qu'il s'en aperçoive, elle disparaissait de sa vie aussi rapidement qu'elle y était entrée.

SEPT

— Je n'en reviens pas que tu nous aies posé un lapin ! lança Taylor D'Angelo en s'asseyant sur l'un des tabourets devant le bar du petit-déjeuner, ses cheveux brun foncé attachés en une longue queue de cheval. Qu'est-ce que tu disais déjà ? Qu'il n'y a rien de mieux pour ton cul que le jogging et les squats ?

— C'est vrai ! rétorqua Mina en passant une bouteille d'eau à Taylor, puis une autre à Megan, dont la peau claire était encore rosie par l'effort.

— Tu parles, fit Taylor en glissant du tabouret pour tourner le dos à Mina afin de lui montrer ses fesses. Regarde ! lança-t-elle en la regardant par-dessus son épaule. Toujours aussi plat qu'une crêpe ! Par contre, le tien a l'air très en forme... ajouta-t-elle avec un sourire, se rasseyant sur le tabouret. Et mon petit doigt me dit que ce n'est pas grâce au jogging, mais plutôt à un traitement spécial prodigué par un homme superbe...

Megan, qui était en train de boire au goulot de la bouteille, éclata de rire et faillit s'étouffer.

— J'ai raison, non ? reprit Taylor. Combien tu paries qu'elle n'est pas venue ce matin parce qu'elle était en plein bonheur post-coïtal ?

— Je suis d'accord avec toi, rétorqua Megan. Je me disais même qu'elle aurait pu nous montrer une vidéo des exercices qu'elle a faits. Ça m'a l'air très efficace...

— C'est bon ? Vous avez fini ? lança Mina d'un air exaspéré à l'attention de ses deux amies qui pouffaient de rire.

— Euh...

Taylor fit mine de réfléchir.

— Moi, oui ! Et toi ? demanda-t-elle en riant à Megan.

— Moi aussi.

— Merci, fit Mina dans un soupir.

— Quoique... reprit Taylor. Je n'ai peut-être pas tout à fait fini.

Mina laissa échapper un léger grognement et se tapa doucement la tête contre le mur de la cuisine. Elle savait que lorsque Taylor avait quelque chose en tête, elle n'abandonnait pas avant d'avoir obtenu ce qu'elle voulait.

Elle la connaissait depuis le lycée, même si elles n'étaient véritablement devenues amies qu'à l'université, où elles suivaient les mêmes cours. Taylor était désormais étudiante en théâtre et gérait notamment l'élection de l'homme du mois qu'organisait le *Fix*. C'était elle qui s'assurait que la scène soit correctement installée, qui vérifiait le fonctionnement des micros, que les gars sachent ce qu'ils devaient faire et une multitude d'autres petits détails afin de permettre à Jenna – l'associée du *Fix* qui supervisait l'élection – de se concentrer sur les choses plus importantes.

En revanche, elle connaissait moins bien Megan, qui était arrivée récemment de Los Angeles. Elle exerçait comme maquilleuse et Taylor l'avait rencontrée lorsque Megan avait maquillé l'une de leurs amies communes pour une séance photo. Elle était également proche de Griffin, l'ancien patron de Mina, mais cette dernière ne savait pas s'ils étaient seulement amis ou s'ils étaient sortis ensemble.

Quoi qu'il en soit, Mina aimait beaucoup Megan, et lorsque Taylor lui avait demandé si elle pouvait venir courir avec elles, Mina avait tout de suite accepté.

Évidemment, planter la course au dernier moment n'était peut-être pas le meilleur moyen de faire bonne impression à sa nouvelle amie...

— Taylor, dit-elle en soupirant. Je vous ai déjà dit que j'étais désolée. Sincèrement, ajouta-t-elle en regardant Megan, qui répondit :

— Aucun problème. Ce n'est pas comme si nous avions raté la conversation du siècle. J'arrivais à peine à reprendre mon souffle !

— Tu es vraiment trop gentille, lança Taylor à Megan en plissant ses jolis yeux bruns. Quant à toi, ajouta-t-elle en s'adressant à Mina, je serai brève : c'est qui ?

— C'est qui ? répéta Mina, feignant de ne pas comprendre.

— Ne fais pas l'innocente, tu as très bien compris ! C'est qui ? Celui qui semblait plus important que tes amies... Par pitié, ne me dis pas que c'est Jeff. Il est très gentil, mais ça s'arrête là !

— Jeff ? s'enquit Megan, qui n'en avait jamais entendu parler.

— Oui, un mec... Ils ne sont pas ensemble, mais de temps en temps... Tu vois, quoi ? conclut Taylor, pressant ses deux index l'un contre l'autre.

— Franchement, ce n'est rien, précisa Mina en

ouvrant le placard pour voir ce qu'il manquait. Jeff et moi sommes juste…

— Amis « plus plus » ?

— Eh bien, oui ! Et alors ?

Elle sentait qu'elle rougissait sans trop savoir pourquoi. Son histoire avec Jeff n'avait aucune importance à ses yeux.

— Alors, rien du tout, répondit Taylor d'un ton apaisant, percevant la gêne de son amie.

— De toute façon, ce n'était pas Jeff ! déclara Mina en ajoutant *sauce piquante* à sa liste de courses.

La soirée s'annonçait calme – il ne devait y avoir qu'une dizaine d'amis de Darryl –, mais elle voulait être certaine qu'il y aurait à manger et à boire en quantité suffisante.

— Tu l'as enfin jeté ? demanda Taylor en faisant mine de s'évanouir, le dos de sa main plaqué sur son front.

Megan rit à sa pitrerie.

— N'importe quoi ! pouffa Mina, subjuguée par la clairvoyance de Taylor.

En effet, Jeff appartenait désormais au passé, et Cameron – espérait-elle – au présent. Même si elle avait le sentiment que, lorsqu'ils s'étaient quittés, ce matin-là, quelque chose n'allait pas. Pire, elle sentait que c'était sa faute. Pourtant, tout ce qu'elle avait voulu, c'était rester discrète tant que les choses ne seraient pas sérieuses entre eux. Même si Cameron avait finalement déclaré qu'il comprenait, Mina avait bien vu dans son regard que ce n'était pas le cas et elle avait aussitôt regretté de l'avoir blessé.

— En tout cas, les créateurs d'applis de rencontres doivent t'adorer ! railla Taylor. Tu es la cliente idéale !

— Pas du tout, protesta Mina en sortant de ses pensées. Figure-toi que je ne change pas de mec tous les soirs.

— C'est vrai, admit Taylor. Mais je te connais depuis longtemps et je dois dire que je t'ai vue en repousser plus d'un qui auraient aimé sortir avec toi...

— Exactement, ce sont *eux* qui voulaient sortir avec moi. Pas moi ! Pas pour le moment. Bien sûr, un jour, j'aurai envie de me caser. Mais pour l'instant, je n'ai pas le temps. Je dois rester concentrée sur mes projets.

Tout en parlant, elle ne put s'empêcher de repenser au sourire en coin de Cameron, à son atti-tude virile et à sa voix grave. Elle avait l'impression d'entendre à nouveau les choses qu'il lui avait murmurées et de sentir encore sur elle ses doigts, ses lèvres et sa queue. Certes, elle n'avait pas le temps pour une vie de couple, mais elle devait admettre qu'elle avait adoré la nuit qu'ils avaient passée ensemble.

— Je comprends, concéda Megan. Pas facile de se concentrer sur sa carrière quand on a l'esprit accaparé par des histoires d'amour...

— Voilà ! Pourquoi avoir fait des études et des stages si compliqués si c'est pour tout gâcher avec une relation ? Non, vraiment, ce n'est pas le moment.

Cameron devait forcément ressentir la même chose, songea-t-elle. Il avait travaillé dur pour passer deux masters en même temps et il venait d'être accepté dans un programme de doctorat. Il allait être encore plus occupé qu'elle.

— Bon, parfait ! Tu as gagné, déclara Taylor en levant les mains en signe de capitulation.

— Merci ! soupira Mina, satisfaite. Si tu pouvais le dire à Darryl... suggéra-t-elle. Il veut me présenter un mec, ce soir, à la fête. Un certain Zach qui travaille dans le milieu du spectacle, du coup il pense que je vais lui tomber dans les bras.

— Remarque, il a raison, intervint Megan. Si c'est quelqu'un avec qui tu travailles, ce n'est plus du divertissement, mais un avantage, non ?

— Peut-être.

Mina haussa les épaules. Elle prit soudain conscience qu'après tout, elle résistait à Zach uniquement parce que c'était son frère qui le lui présentait. Après tout, il était peut-être très bien.

Peut-être...

Quand bien même, Mina savait que cela n'aurait aucune importance. La veille encore, elle aurait pu envisager quelque chose avec ce Zach. Mais depuis, Cameron était entré dans sa vie et elle sentait que, désormais, son esprit, son corps et son cœur lui appartenaient. Elle ne pensait plus qu'à une seule chose : ses mains sur elle. Elle s'était sentie bien avec lui. Ce n'était pas seulement une question de sexe, c'était tout. Il était tout à la fois, drôle, rassurant et viril.

Elle ne voulait pas être en couple – vraiment pas –, pourtant elle était obligée d'admettre qu'elle ne pensait qu'à lui. Elle espérait de tout son cœur que, lorsqu'ils s'étaient quittés, ce matin-là, ce n'était pas pour toujours.

Elle esquiva les questions de Taylor et de Megan, qui insistaient pour savoir avec qui elle avait passé la soirée, en les chassant de chez elle, prétextant qu'elle devait aller faire les courses pour la fête qui devait avoir lieu le soir même – et à laquelle ses amies étaient toutes deux invitées, ainsi qu'Amanda, l'une de leurs amies communes, et Griffin.

— Depuis que j'ai été sa stagiaire, je n'ose pas le lui demander, lança Mina à Megan tandis qu'elles marchaient en direction de la voiture de Taylor. Mais il y a quelque chose entre Griffin et toi ?

— Non ! Je ne peux pas nier qu'il y a eu un petit jeu de séduction au début, en tout cas, c'est ce que je pensais. Mais non.

— Je suis désolée, dit Mina en posant sa main sur le bras de Megan.

— Il ne faut pas. Honnêtement, ça n'aurait pas duré, et je ne suis pas sûre que nous serions devenus amis si nous étions sortis ensemble.

Cela renvoya Mina à son histoire avec Cameron. Et si Megan avait raison ? Si le fait d'être sortie avec lui gâchait leur amitié qui durait depuis si long-temps ? Elle ne pouvait s'empêcher de penser au regard qu'il lui avait lancé avant de la quitter. Si c'était un signe d'adieu ?

— Il est génial, reprit Megan sans prêter atten-tion au visage inquiet de Mina. Mais tout ce qu'il a vécu l'empêche de s'engager. J'espère sincèrement qu'il trouvera une femme suffisamment forte pour briser sa carapace... Et je ne parle même pas de ses cicatrices.

— Je comprends, répondit simplement Mina.

Griffin avait été grièvement blessé dans un incendie quand il était petit, et son visage, ainsi qu'une partie de son corps, portaient encore les marques de ses brûlures. Il lui avait dit qu'il était en train de tester un nouveau traitement, mais malheureusement, cela ne permettrait jamais de lui redonner une peau parfaitement lisse ni d'effacer le traumatisme qu'il avait en lui depuis cet incendie.

Lorsque Taylor et Megan furent parties, Mina rentra chez elle pour préparer la fête. Le repas était la chose la plus facile, car tout ce qu'elle avait à faire, c'était d'appeler le magasin et de demander à l'assistant de son père d'envoyer un livreur chercher sa commande. Quant à la préparation de la maison, ce n'était pas très compliqué non plus : la femme de ménage que son père faisait venir deux fois par semaine était passée la veille. Tout était donc parfaitement en ordre et il ne lui restait plus qu'à ranger les plats lorsqu'ils seraient livrés, préparer les plateaux avec les verres et les assiettes, remonter quelques bouteilles de vin de la cave et suspendre la bannière de félicitations au-dessus de la grande baie vitrée.

Et, bien sûr, elle devait confectionner le gâteau, mais elle avait prévu d'utiliser une préparation toute prête, comme pour le glaçage. C'était simple et, surtout, c'était le gâteau préféré de son frère.

— Ça sent drôlement bon ! lança Darryl en entrant dans la cuisine, déposant ses clés dans le vide-poches au milieu de la table.

— Le meilleur gâteau du monde pour le meilleur grand frère du monde ! répondit-elle avec un large sourire.

Elle venait de finir le glaçage et lui passa le saladier pour qu'il le termine à la cuillère.

— Au cas où tu n'aurais pas suffisamment mangé à ton brunch, lança-t-elle.

— Je me suis goinfré, mais il y a toujours de la place pour du glaçage, dit-il en prenant une première cuillérée. Donc ma surprise est à six heures ?

— Oui, sauf que ce n'est plus vraiment une surprise... ingrat !

— Je ne suis pas ingrat, répondit-il en léchant la cuillère. Je ne suis plus surpris, c'est tout...

— Bon, en tout cas, c'est effectivement à six heures.

Elle avait délibérément invité leurs amis tôt pour qu'ils sachent qu'il ne s'agissait pas à proprement parler d'une soirée et qu'ils pouvaient encore sortir après s'ils le souhaitaient. En outre, elle avait convié peu de gens du *Fix*, car c'était plus son monde à elle que celui de son frère, mais certains invités passaient tout leur temps au *Fix* et Mina ne voulait pas les en éloigner un soir de week-end.

Darryl et elle étaient allés au lycée avec Tiffany Russell, l'une des serveuses. Mina était certaine qu'elle viendrait. Il devait également y avoir Jenna et Reece, que Mina avait invités car, pendant les vacances de Noël, les deux gars avaient passé une soirée entière à parler de restauration de vieilles voitures – l'une des passions de Darryl, même s'il avait peu de temps à y consacrer. Ils ne se connaissaient pas bien, mais Mina avait senti qu'ils s'étaient bien appréciés. Quant à elle, elle aimait beaucoup Jenna et elle était ravie de la recevoir.

Et, bien sûr, Cameron.

Le simple fait de l'imaginer provoqua en elle une vague de désir qu'elle réfréna aussitôt, se disant qu'elle allait devoir discuter avec lui et régler le problème qu'il y avait eu entre eux.

En attendant, il s'immisça dans ses pensées pour le reste de la journée, parfois de manière plus insistante, comme lorsqu'elle prit sa douche avant l'arrivée des invités. Son image s'imposa à elle de manière si intense que, malgré l'eau chaude, sa peau frissonna, et qu'elle ressentit le besoin impérieux de le sentir en elle.

Elle venait juste de terminer de se préparer lorsque leurs premiers amis arrivèrent. Cameron était parmi les premiers. Il sonna à la porte accompagné de Tiffany. Lorsqu'elle ouvrit, elle le trouva incroyablement sexy, vêtu d'un simple jean et d'un t-shirt Henley. Quant à elle, elle était un peu trop belle dans une robe d'été rose et des sandales plates, ses cheveux ondulés ramassés en chignon. *Quelle garce*, pensa Mina, se sentant immédiatement coupable d'être jalouse alors qu'elle avait toujours apprécié Tiffany.

— Euh... Désolée !

Elle se ressaisit en réalisant qu'elle les fixait du regard et s'efforça d'arborer un large sourire accueillant.

— Je suis sur tous les fronts...

Elle embrassa Tiffany.

— Merci d'être venue, lui dit-elle. Et toi aussi, bien sûr ! lança-t-elle en direction de Cameron. Mais c'est moins une surprise. Darryl et lui sont tellement proches, souffla-t-elle à Tiffany...

— Oui, je sais. Mais je crois que vous n'étiez pas à l'école ensemble ? demanda-t-elle à Cameron, qui acquiesça. Pendant les vacances, on vous voyait toujours traîner ensemble à la piscine ou en ville...

— C'est vrai, nous étions très proches, confirma

Cameron. D'ailleurs, vu que je suis presque un membre de la famille, tu pourrais quand même m'embrasser ! lança-t-il à Mina avec un sourire.

— Bien sûr ! s'excusa-t-elle en s'approchant de lui.

Elle s'était attendue à une embrassade rapide, mais au lieu de cela, Cameron l'attira contre lui, une main dans son dos, l'autre presque au niveau de ses fesses. Ils restèrent collés l'un à l'autre pendant un bref instant, qui sembla durer une éternité.

— Tu avais raison, murmura-t-il à son oreille avant de la libérer pour se diriger vers les autres invités avec Tiffany à son bras.

Seule dans l'embrasure de la porte, Mina les regarda s'éloigner en se demandant ce qu'il avait bien pu vouloir dire...

---

— Elle n'arrête pas de te regarder, observa Tiffany à mi-voix. Qu'est-ce que tu lui as dit ?

Cameron et elle s'étaient installés dans un coin du salon. Tiffany était appuyée contre une bibliothèque et il se tenait devant elle, suffisamment proche pour que cela paraisse intime.

— Je lui ai seulement dit qu'elle avait raison, répondit Cameron.

— À propos de quoi ?

— C'est justement ce que je veux qu'elle se demande, rétorqua-t-il en repoussant l'une de ses mèches, échappée de son chignon derrière sa boucle d'oreille.

C'était un geste tout à fait innocent, mais qui aurait semblé intime à n'importe quel observateur. Cela devait torturer Mina, mais tant pis. Cette mise en scène avec Tiffany était le seul moyen d'arriver à ses fins.

— Je n'arrive toujours pas à croire que j'aie accepté de marcher dans ta combine, déclara-t-elle avec un sourire réprobateur.

— Quelle combine ? Tu ne fais que m'accompagner à la soirée de bienvenue de mon meilleur ami. Nous sommes venus ensemble, rien de plus...

— Rien de plus, en effet, fit-elle en souriant. Et puis, ce n'est pas comme si je t'avais dit que je craquais pour Éric... Soit dit en passant, j'aimerais que tu le gardes pour toi.

— Tu ne me fais plus confiance ? fit mine de s'offusquer Cameron en riant.

Tiffany et lui avaient commencé à travailler au *Fix* la même semaine, puis ils avaient découvert qu'ils étaient inscrits dans plusieurs cours communs à l'université. Il n'y avait jamais eu d'attirance entre eux, mais ils étaient très vite devenus amis.

— Et toi ? Est-ce que tu me fais confiance ? rétorqua Tiffany.

— Bon, d'accord... Mina et moi, nous avons passé la nuit ensemble.

Tiffany le regarda comme s'il était idiot.

— Je te remercie, mais j'avais deviné ! On ne fait pas ce genre de trucs si on n'est pas amoureux.

Cameron ne put s'empêcher de rire.

— On rejoint les autres et je te donne les détails, lui dit-il avec un clin d'œil.

Ils se mêlèrent aux invités et Cameron raconta tout à Tiffany, prenant soin de ne pas être entendu. Il lui parla de la soirée et de la nuit que Mina et lui avaient passées, puis il lui expliqua que les paroles de Mina lui avaient fait l'effet d'un coup de poignard dans le cœur. Il comprenait qu'elle ne veuille pas en parler à Darryl ; lui-même n'avait jamais osé lui avouer ce qu'il ressentait pour elle à cause de son frère, justement. Mais il s'était senti terriblement blessé par les mots qu'elle avait employés, peut-être plus qu'il ne l'aurait dû. Il était si dépité qu'en rentrant chez lui, il était resté sous la douche jusqu'à ce que l'eau refroidisse, se repassant en boucle leur conversation et essayant de comprendre pourquoi il se sentait malheureux à ce point.

Ce n'était pas la façon dont elle avait réagi, il en était sûr. Elle avait dit plusieurs fois qu'elle le désirait, et la nuit qu'ils avaient passée ensemble le confirmait.

Ce n'était pas non plus Zach, puisqu'elle lui avait assuré qu'elle n'était pas intéressée.

Elle avait même laissé entendre qu'elle espérait que leur relation s'inscrirait dans la durée. Ce n'était que le début du mois de juin et elle avait évoqué Noël...

C'était pourtant ça le problème.

— Je comprends, déclara Tiffany. C'est comme si elle envisageait déjà la fin de votre relation, alors qu'elle vient à peine de commencer.

— Exactement ! s'exclama-t-il, soulagé de pouvoir enfin identifier ce qui le rendait si mélancolique. Tu as déjà pensé à devenir psychologue ?

Il plaisantait, car c'était la spécialisation de la jeune femme.

Devant la table des boissons, Cameron versa un verre de vin à son amie, puis il regarda à travers les portes ouvertes du salon qui donnaient sur le jardin. Au milieu des invités, pour la plupart au bord de la piscine, il aperçut Darryl en pleine conversation avec

Nolan. Il continua de chercher jusqu'à trouver enfin Mina. Elle discutait avec Easton, un avocat habitué du *Fix* et qui, Cameron le savait, travaillait pour l'entreprise de son père.

Se sentant épiée, elle leva les yeux et soutint son regard. Elle le fixa avec un léger sourire, puis fronça les sourcils comme pour lui demander ce qu'il se passait.

Le cœur battant, Cameron détourna le regard et tendit le verre de vin à Tiffany.

— Elle dit qu'elle ne veut pas s'engager. Mais moi, ça me va très bien...

— Tu es sûr ?

— Oui, je crois.

Il avait beaucoup réfléchi à la question. Il voulait essayer de commencer une histoire avec Mina, il était sûr de cela. Mais il savait aussi qu'il voulait prendre son temps, laisser leur relation grandir d'elle-même et voir s'ils étaient véritablement faits l'un pour l'autre.

Ils avaient déjà énormément de choses en commun. L'un et l'autre s'étaient consacrés à leurs études et leur carrière. L'un et l'autre avaient un frère ou une sœur qui avait réussi. Et l'un et l'autre voulaient à tout prix prouver qu'ils pouvaient s'en sortir par eux-mêmes : lui malgré la condition modeste de sa famille, et elle malgré sa santé fragile et la protection écrasante de son frère et son père.

Il voyait tout cela avec autant de clarté que lorsqu'il tentait de reconstituer une histoire à partir de documents anciens. Mais il savait aussi que, parfois, la fin était inévitable, que les événements de la vie pouvaient aboutir à un échec et mat. Or avec Mina, le jeu s'annonçait compliqué.

— Tu ne peux malheureusement rien faire à cela, déclara Tiffany après qu'il eut fini de lui expliquer son point de vue.

— C'est vrai. Mais Mina, si ! répondit-il en faisant un signe de tête pour désigner Reece, qui embrassait Jenna. Ils étaient amis, eux, reprit-il. Regarde où ils en sont maintenant…

— D'ailleurs, tu savais que Jenna était enceinte ?

Cameron commençait à s'en douter, car la jeune femme avait cessé de boire de l'alcool en soirée.

— Elle te l'a dit ?

— Non, mais elle rayonne. Et elle boit de l'eau !

— Ils forment vraiment un beau couple, commenta Cameron. Je suis sûr qu'aucun d'eux n'a souhaité que leur histoire se termine à Noël. Ils étaient trop amoureux dès le départ.

Tiffany détourna son regard de Jenna et Reece pour fixer Cameron.

— Tu te rends compte que tu es en train de la faire mourir de jalousie ? lui demanda-t-elle.

— Tant mieux. Je veux qu'elle *réalise*. Qu'elle le *veuille*. Pas seulement une aventure. Mais *moi*. Si on pouvait aller au moins jusqu'à la Saint-Valentin... plaisanta-t-il.

Tiffany sembla réfléchir un instant, puis posa son verre sur la table à côté d'eux. S'approchant tout près de Cameron, elle lui prit son verre des mains et l'écarta à côté du sien.

— Ne la regarde pas, murmura-t-elle. Mais je pense que c'est le moment parfait pour que nous partions.

HUIT

— Tu cherches mon papa ?

Mina, qui était en train de regarder par la fenêtre du salon de Brent, se retourna pour découvrir Faith qui la regardait avec de grands yeux innocents.

— Oh, non, chérie. Ton papa travaille toute la journée aujourd'hui. Je cherchais un ami.

— Tante Jenna et oncle Reece ? demanda la fillette de cinq ans en pyjama.

— Non, chérie. Je pense qu'ils travaillent avec ton papa. Je cherchais mon ami Cameron. Tu te souviens de Cameron ? Il travaille avec ton papa ? Il avait dit qu'il m'aiderait à te garder aujourd'hui...

— Super ! s'exclama Faith en frappant dans ses mains. Il joue toujours aux châteaux avec moi !

Malgré sa mélancolie, Mina ne put réprimer

un sourire. Elle se souvenait parfaitement de Cameron qui s'amusait à construire toutes sortes de forteresses dans le terrain vague à proximité de la maison où il avait grandi avec sa grand-mère et sa sœur, Kiki. Il passait des heures à feuilleter des livres remplis d'images de châteaux et de forts médiévaux, puis il essayait de les recréer à partir de matériaux de construction abandonnés, de meubles au rebut et de boîtes en carton détrempées.

Une fois les forts terminés, Darryl et lui rassemblaient les enfants du quartier, et Cameron leur attribuait à chacun un rôle. Il s'agissait parfois de batailles entre deux camps, toujours de reconstitutions historiques.

Elle fut émue en repensant au petit génie que Cameron était lorsqu'il était petit. Il l'était toujours, d'ailleurs. Mais en plus sexy...

— Je crois qu'il ne va pas venir, dit-elle doucement en prenant Faith par la main, le cœur lourd. Viens, on va aller t'habiller, et ensuite on pourrait se promener si tu veux ? Qu'est-ce que tu en dis : on part à l'aventure ?

— On va voir les bébés chiens ? demanda Faith en sautillant, pleine d'espoir.

En effet, Brent avait dit à Mina que Faith adorait

aller au parc car beaucoup de gens y promenaient leur chien.

— Si tu veux ! répondit Mina d'une voix douce. On va aller voir s'il y a des chiots, puis on prendra le petit-déjeuner là-bas, d'accord ?

Il était déjà dix heures, mais Faith était restée devant les dessins animés un long moment depuis que Mina était arrivée.

Enthousiasmée par le programme qui venait de lui être proposé, Faith se précipita dans sa chambre pour aller s'habiller. Mina la suivit plus lentement, triste à l'idée de passer cette journée sans Cameron.

Elle savait qu'elle avait tout gâché dès l'instant où elle avait vu le visage de Cameron la veille, au lit. Cet instant fatal, lorsqu'elle lui avait laissé entendre que leur histoire serait terminée à Noël.

Pourtant, tout ce qu'elle voulait, en disant cela, c'était être honnête. Elle l'aimait – et elle avait adoré coucher avec lui –, mais elle n'était pas prête à s'engager. Pas avec lui spécialement ; avec personne.

Cela ne voulait pas dire qu'ils ne pouvaient pas se voir et vivre une relation légère.

L'ennui, c'était que Cameron semblait avoir une conception de la légèreté beaucoup plus radicale que la sienne : il ne lui avait fallu que très peu de temps pour l'oublier et se tourner vers Tiffany.

Dire qu'elle l'avait toujours considérée comme une véritable amie ! À présent, elle la rangeait dans la catégorie des salopes nymphomanes... Ce n'était pas juste, elle le savait, mais ça lui était égal.

Elle était partagée entre la tristesse et la colère. Cameron n'aurait-il pas pu attendre quelques jours avant de sortir avec quelqu'un d'autre ? Surtout qu'il avait proposé de l'aider à garder Faith ! Non seulement il la jetait comme un mouchoir, mais il s'apprêtait sûrement à faire la même chose avec une autre femme !

En colère, elle saisit son téléphone et commença à composer son numéro, décidée à lui dire le fond de sa pensée. Elle appuya sur le bouton d'appel, mais après une sonnerie, elle se ressaisit. Ce qu'elle était en train de faire était certainement stupide.

Elle se précipita pour raccrocher, mais avant qu'elle ne réussisse à le faire, elle entendit sa voix.

— Mina ?

— Tu es vraiment un enfoiré ! siffla-t-elle.

— Non, je ne crois pas, tout le monde me dit que je suis un gars formidable, railla-t-il.

— Eh bien, pas moi ! Je te rappelle que tu devais t'occuper de Faith avec moi, aujourd'hui ! Tu n'as pas arrêté de me dire que je n'y connaissais rien, contrairement à toi, et que tu devais à tout prix être là pour m'aider...

— En effet, je crois que c'est à peu de choses près ce que j'ai dit, confirma-t-il d'un air badin.

— Et donc, tu me poses un lapin ? Ça ne t'a pas suffi de venir à la fête de Darryl avec Tiffany ?

*Merde !* Cela lui avait échappé.

— Et alors ? Tu l'avais invitée, non ? répondit-il avec un calme horripilant.

— Je n'aurais sûrement pas dû ! rebondit-elle, de plus en plus furieuse.

— Pourquoi ? Je croyais que vous étiez amies...

— Les amies ne sortent pas avec le mec qui vient de coucher avec l'une de leurs copines ! répondit-elle en chuchotant, tandis qu'elle se dirigeait vers la chambre de Faith.

La fillette était assise sur son lit en train de jouer avec ses peluches.

— Tu parles de moi, là ? demanda-t-il.

Mina s'éloigna lentement pour ne pas déranger la petite fille.

— Non, je parle du père Noël ! ironisa-t-elle. Bien sûr que je parle de toi !

— Ah... et comment Tiffany était-elle censée savoir que nous avions couché ensemble ? Je croyais que c'était un *secret*. Quand tu m'as dit que tu ne voulais pas le dire à Darryl, j'ai pensé que, du coup, on ne pouvait le dire à personne. Encore moins à quelqu'un comme Tiffany qui est votre amie, à Darryl et à toi.

Elle retourna dans le salon, puis se mit à faire les cent pas entre la porte d'entrée et la cuisine.

— Tu sais quoi ? Tu as raison ! hurla-t-elle. Tiffany est parfaite. C'est une déesse. Un modèle de pureté et de douceur ! C'est Mère Thérésa, même ! En fait, c'est toi le connard !

— Ah... Tout à l'heure, je n'étais qu'un « enfoiré », je crois ? « Connard » c'est encore moins bien, non ?

Son ironie la rendait folle de rage.

— Bon, écoute, oublie cette conversation. Je peux tout à fait gérer une enfant de cinq ans. Quant à toi et Tiffany, je vous souhaite d'être heureux et d'avoir beaucoup d'enfants !

— Mina...

— De toute façon, on se reverra sûrement au *Fix*.

— Mina...

— Je te laisse, je dois aller m'occuper de Faith !

— Mina...

— Quoi ?

— Ouvre la porte d'entrée.

Elle se figea et regarda la porte qui n'était qu'à quelques centimètres d'elle.

— Qu'est-ce que tu as dit ? fit-elle d'une voix soudain plus calme.

— Ouvre la porte d'entrée, répéta-t-il, le sourire dans la voix.

Lorsqu'elle ouvrit la porte, elle le découvrit, appuyé contre le porche. Une vague de soulagement la submergea et elle dut s'accrocher à la porte pour se stabiliser.

— Tu es venu finalement ? demanda-t-elle d'un air penaud.

— Je suis venu pour toi, répondit-il avec un sourire en faisant un pas vers elle.

— Ah...

— On rentre ? Ou tu veux que je t'embrasse ici où tout le monde peut nous voir ?

Elle ressentit comme des chatouilles dans le bas de son ventre en même temps qu'un bonheur immense.

— Entre, lui dit-elle en s'écartant pour le laisser passer.

Il entra, referma la porte derrière lui, puis l'embrassa délicatement, la serrant dans ses bras. Mina était si émue qu'elle craignit de se mettre à pleurer.

— Cameron , je...

— Je crois qu'on a de la compagnie... l'interrompit-il en regardant en direction de Faith qui se tenait au milieu du salon, les yeux rivés sur eux en suçant son pouce.

— Coucou, mademoiselle ! lui dit-il.

Il s'accroupit en lui tendant les bras.

Elle se précipita vers lui et il se releva, la soulevant comme une poupée de chiffon tandis que Faith battait des pieds, hilare. De toute évidence, ces deux-là avaient l'habitude d'être ensemble. Mina alla s'asseoir sur le bord du canapé et observa leur complicité avec bonheur.

— Alors, quel est le programme aujourd'hui ? demanda-t-il à Faith sans quitter Mina des yeux.

— On va voir les bébés chiens ! s'empressa de répondre la fillette.

— Je lui ai proposé de l'emmener au parc, précisa Mina. Je pensais lui faire prendre un petit-déjeuner là-bas.

— Ça me paraît être un programme parfait ! s'exclama Cameron.

Il posa Faith et tendit une main à chacune des deux filles.

— On y va ?

Brent avait insisté pour que Mina prenne sa voiture si elle décidait d'emmener Faith quelque

part, afin de lui éviter de payer un taxi. Ils attachèrent donc la fillette dans son siège auto rose, fixé à l'arrière de la Volvo de Brent, puis parcoururent la courte distance jusqu'au parc.

Il n'y avait pas beaucoup de chiens, mais un homme âgé promenait un croisé que Faith semblait déjà connaître. Elle s'empressa de rejoindre le chien et passa presque une heure à lui lancer une vieille balle de tennis que le vieux monsieur lui avait donnée et que le chien rapportait avec, chaque fois, le même enthousiasme. Lorsqu'elle rejoignit d'autres enfants au bac à sable, Mina et Cameron s'assirent sur un banc à proximité et la regardèrent un instant sans parler. Quand finalement Cameron prit sa main, le peu de tension qui restait encore en elle disparut complètement. Elle n'était pas sûre d'avoir parfaitement compris ce qui s'était passé au cours des dernières vingt-quatre heures, mais elle était certaine d'une chose : ça lui faisait du bien.

— Au fait, qu'est-il arrivé à Zach ? demanda Cameron au bout d'un certain temps.

Elle le regarda en prenant conscience pour la première fois qu'elle l'ignorait.

— Il n'est pas venu à la fête ? Tu as demandé à Darryl pourquoi ?

— Non. Je n'y ai même pas pensé.

Elle avait été tellement occupée à maudire Tiffany qu'elle n'avait pas remarqué l'absence du garçon qu'avait voulu lui présenter son frère.

— Au fait, reprit-elle en se tournant vers lui pour mieux le voir. Hier, quand tu m'as murmuré à l'oreille que j'avais raison, de quoi parlais-tu ?

— Du fait que tu avais envie qu'on soit ensemble.

— Tu es très sûr de toi ! lança-t-elle avec un sourire.

— Pour certaines choses, oui, en effet.

— Et de quoi n'es-tu pas sûr, par exemple ? demanda-t-elle en penchant légèrement la tête.

— Par exemple... Je ne suis pas sûr que tu aies envie que nous soyons ensemble pour les bonnes raisons...

— Ah... fit-elle en retirant sa main. Qu'est-ce que tu veux dire ?

— Je peux comprendre que tu ne veuilles pas que Darryl sache à propos de nous, répondit-il. Mais je n'ai pas pour autant envie que tu me considères comme un « sex-friend », un « plan cul », ou je ne sais quelle expression à la mode en ce moment pour décrire ce genre de relation qui ne rime à rien.

— Attends ! s'exclama-t-elle en le regardant, les yeux écarquillés. Pas de sexe ? Tu plaisantes, j'espère, ajouta-t-elle en faisant mine d'être épouvantée.

Cameron éclata de rire.

— Je suis très flatté que cette idée t'effraie autant. D'ailleurs, ça m'effraie aussi. Non, je crois qu'il faut à tout prix que l'on continue tout ce qui est sexuel... surtout s'il en va de notre santé mentale, plaisanta-t-il. Mais j'en veux plus.

Il la fixa du regard avec un grand sérieux et Mina se demanda ce qu'il voyait dans ses yeux. De la confusion, probablement. Elle était en train de découvrir un côté de Cameron qu'elle ne connaissait pas, mais qu'elle adorait. Elle adorait cette assurance dont il faisait preuve, cette manière de dire les choses et de s'y tenir – *même* si les choses en question la concernaient, elle. Ou plutôt, *surtout* si elle était concernée.

— Quel genre de « plus » ? demanda-t-elle après quelques secondes, nécessaires pour bien digérer ce qu'il venait de lui dire.

— Si nous étions au lycée, je te dirais que je voudrais continuer de sortir avec toi. Mais maintenant, je pense plutôt au fait d'être en couple.

— Mais tu viens de me dire que tu étais d'accord pour ne rien dire à Darryl... ?

— Oui. Nous pouvons être discrets, répondit-il. Nous sommes déjà amis. Personne ne s'étonnera de nous voir souvent ensemble. J'ai envie que notre relation dure au-delà de Noël, mais ça n'arrivera pas si c'est uniquement sexuel entre nous.

— Je ne veux pas m'enfermer dans une relation, déclara-t-elle, se sentant piégée par la mention qu'il venait de faire de la période de Noël.

— Je comprends et je ne te demande pas de m'épouser, la rassura-t-il en prenant sa main. Je veux simplement passer du temps avec toi, Mina. Pas uniquement avec ton vagin, ajouta-t-il avec un sourire ironique.

Étrangement, Mina eut la sensation que c'était probablement la plus belle chose qu'un homme lui ait jamais dite.

— Tu veux une relation exclusive en fait ?

— Absolument ! s'exclama-t-il en la regardant droit dans les yeux.

— Et Tiffany ? demanda-t-elle en espérant le mettre mal à l'aise.

Il se contenta de la regarder d'un air entendu et Mina comprit qu'il s'était moqué d'elle.

— Enfoiré ! Tu as fait semblant d'être avec elle pour me rendre jalouse, c'est ça ?

— Peut-être... En tout cas, ça a marché ! rétorqua-t-il, fier de lui.

— « Marché » ?

— Tu étais jalouse, non ?

— Pas du tout ! mentit-elle grossièrement, comme pour mieux confirmer qu'il avait vu juste.

— Tiffany et moi sommes devenus très bons amis. Elle a accepté de m'aider, mais ne t'inquiète pas, elle ne dira rien à Darryl. J'ai de quoi la faire chanter ! conclut-il avec un clin d'œil.

— Vraiment ? s'exclama Mina en essayant de trouver de quoi il pouvait s'agir. Dis-moi !

— Non. Je lui ai promis de garder le secret.

Mina avait terriblement envie de savoir ce que cachait Tiffany, mais elle admira la fiabilité dont Cameron faisait preuve.

Lorsque Faith revint vers eux en se plaignant d'avoir faim, ils décidèrent qu'il était temps de rentrer. Plutôt que d'acheter quelque chose à manger, comme Mina l'avait initialement prévu, Cameron prépara des sandwiches au beurre de caca-huète et à la confiture, avec des pommes coupées en tranches et du pudding.

Mina était impressionnée par ses compétences culinaires et l'attention qu'il portait à Faith.

— On retourne voir s'il y a des bébés chiens ? demanda la fillette après avoir terminé sa tasse de pudding. S'il vous plaît ?

— Oh, chérie, nous venons de rentrer du parc, répondit doucement Mina.

Elle se sentait fatiguée. Pourtant, elle n'avait rien fait de particulier, mais l'attention que demandait un enfant était épuisante et elle eut soudain beaucoup d'admiration pour Brent.

— Alors, on regarde *les 101 damnations* ? demanda Faith.

Cameron et Mina éclatèrent de rire.

— *Les 101 dalmatiens*, corrigea Mina. Si tu sais où est le DVD, on peut le mettre si tu veux ?

Ce n'était pas un DVD, mais un fichier enregistré. Faith courut allumer la télévision et trouva la vidéo en cinq secondes. Elle sauta sur le canapé, invitant Cameron et Mina à s'asseoir de chaque côté. Très vite, elle s'endormit et se retrouva allongée sur eux, la tête sur les genoux de Mina et les jambes étendues sur Cameron.

Étant donné que la seule chose dont Mina était certaine au sujet des enfants, c'était qu'ils devenaient d'horribles monstres s'ils ne faisaient pas de sieste, elle ne bougea pas, craignant de réveiller Faith. Cameron et elle restèrent donc sur le canapé, leurs doigts entrecroisés sur le dos de la petite fille jusqu'à la fin du film.

Lorsque le générique retentit, Faith se réveilla, parfaitement revigorée. Ils passèrent le reste de la journée à raconter des histoires, préparer des biscuits, jouer au loup dans le jardin, construire une tente avec des draps et des oreillers et faire tout ce que Faith leur demandait, jusqu'à l'épuisement. Lorsque Brent rentra enfin, peu avant trois heures du matin, il trouva sa fille et ses deux baby-sitters endormis sur une pile d'oreillers sans se douter qu'il s'agissait, en réalité, d'un château fort.

— Ne bouge pas, dit doucement Brent lorsque Mina ouvrit les yeux. Je m'occuperai du petit-déjeuner demain matin.

Mina, encore à moitié endormie et trop épuisée pour discuter, hocha la tête, posa une main sur le dos de Faith, prit celle de Cameron de l'autre, et se rendormit.

NEUF

— Je vous ai à peine vus, ma sœur et toi, depuis samedi, déclara Darryl en s'asseyant sur le tabouret en face de Cameron à *Pizza Mambo*, une nouvelle pizzeria située tout près de son travail.

— Je sais. Elle m'a entraîné dans cette histoire de baby-sitting avec elle. Mais j'ai l'impression que Brent lui demande de garder sa fille plus souvent qu'elle ne l'avait envisagé au départ.

— Brent. C'est le gars de la sécurité, c'est ça ? Celui qui est plutôt beau gosse ?

— Oui, confirma Cameron. Avant que tu le demandes, je suis quasiment sûr qu'il est hétéro et, de ce que je sais, il ne vit que pour son travail et sa fille.

— Remarque, je le comprends, répondit Darryl

en buvant une gorgée de la bière qu'une serveuse venait de lui apporter. Avec tout le boulot que me donne le juge, je crois qu'il faut que j'oublie les filles jusqu'à la fin de mon stage !

— Ça te plaît ?

— Ouais, c'est génial ! Le juge et les autres greffiers sont géniaux. De toute façon, même s'ils ne l'étaient pas, je serais content. Un stage au tribunal fédéral, ça vaut de l'or sur un CV !

Cameron écoutait vaguement son ami, mais il pensait à Mina et à sa volonté farouche de déménager à Los Angeles. Pour elle, son travail à Austin n'était qu'une étape vers quelque chose de plus grand, de plus prestigieux. Pourtant, même si le studio où elle travaillait actuellement était modeste, il produisait des émissions à succès et elle y avait un travail qui semblait l'intéresser.

Mais Cameron connaissait le père des jumeaux et il savait qu'il leur avait transmis une ambition sans faille. La carrière était primordiale pour eux. D'autant plus dans le cas de Mina, car son père et son frère plaçaient la barre très haut. Alors, il comprenait. Mais il ne pouvait s'empêcher de penser que sa carrière la mènerait loin, très loin de lui, et il ne savait pas quand elle déciderait de la suivre.

Une petite voix lui suggérait qu'elle envisageait

certainement de quitter Austin après Noël. Même s'ils avaient eu une explication, même si elle lui avait soutenu qu'elle avait mentionné Noël par hasard, il avait le sentiment amer que leur relation, qui venait à peine de commencer, était déjà en train de se précipiter vers sa fin.

— ... avec elle.

— Euh... Quoi ? Pardon... dit Cameron en sortant soudain de ses pensées.

— Je disais que c'est sympa de ta part d'avoir accepté de faire du baby-sitting avec elle, répéta Darryl. Même si je suis sûr qu'elle s'en serait très bien sortie toute seule, ça doit quand même être plus facile à deux...

— Oui, et puis, finalement, c'est plutôt amusant. Ça m'a permis de faire du patin à glace, de visiter le Musée des enfants, le zoo, et de faire du pédalo. Je crois qu'on a fini par épuiser la pauvre enfant, mais elle semble avoir adoré !

Lui aussi, il avait adoré. Surtout parce que, chaque fois qu'ils allaient chez Brent, Faith passait beaucoup de temps à dormir, leur laissant l'occasion de discuter ou, tout simplement, de profiter l'un de l'autre.

Ils se tenaient la main et passaient leur temps à rire. Ils avaient presque l'air d'un couple et Cameron trouvait cela merveilleux. Même s'il n'avait pas encore envie d'avoir d'enfants, ces moments passés résonnaient en lui comme la promesse d'un avenir doux et heureux que Mina et lui pourraient partager. Pourtant, lorsqu'il repensait au projet de Mina de s'installer à Los Angeles, tout s'écroulait. Même si ce n'était pas pour tout de suite, il savait qu'elle voulait se faire la main à Austin avant de penser plus grand et qu'elle ne commencerait à chercher un poste en Californie que dans un an, voire deux.

Or, tellement de choses pouvaient se passer en un an ; tellement de choses s'étaient passées en seulement une semaine ! Il n'avait jamais imaginé pouvoir tomber aussi amoureux de Mina en l'espace de si peu de temps...

Il n'en était pas vraiment surpris. Après tout, il en pinçait pour elle depuis toujours. Mais ce qu'il ressentait maintenant était plus qu'un simple béguin d'adolescent. C'était un sentiment riche et profond. Le désir se mêlait à l'admiration, au respect, à la passion, et à une connexion si intense que, lorsque Mina était loin de lui, elle lui manquait de manière viscérale. Ce n'était pas seulement sexuel, même si, bien sûr, il la désirait aussi de cette manière-là.

Ils n'avaient pas fait l'amour depuis le week-end de la fête de Darryl, et cela ne lui posait aucun problème. Le fait de se voir régulièrement et de passer tout ce temps ensemble avait finalement renforcé ses sentiments pour elle, et il espérait que ce soit réciproque.

Le plus dur était qu'il mourait d'envie de lui dire ce qu'il ressentait, mais il craignait de l'effrayer. Et maintenant, après avoir caché son attirance pour Mina à Darryl pendant tant d'années, Cameron aurait aimé se confier à son ami et avoir ses conseils. Après tout, en tant que frère jumeau, personne ne connaissait mieux Mina que lui. Mais il avait promis à Mina de ne rien dire et il décida de tenir sa langue.

— Tu l'as vue, aujourd'hui ? lui demanda Cameron. Tu sais si elle a terminé son article ? Elle y a passé tellement de temps quand on était chez Brent...

— J'ai pris le petit-déjeuner avec elle. Elle n'avait plus rien chez elle et elle n'avait pas le temps d'aller faire les courses, m'a-t-elle dit. Mais oui, je crois qu'elle a terminé. Elle doit voir son maître de stage cet après-midi pour les derniers détails.

— Et toi ? Tu as quelque chose de prévu après le travail ?

— Je voulais aller faire un peu de vélo, mais finalement, je crois que je vais finir trop tard. On peut en faire ensemble ce week-end, si tu veux ?

— Avec plaisir ! répondit Cameron avec enthousiasme.

Il avait hâte de se remettre au sport. Il n'était pas allé à la salle de sport depuis une semaine ; heureusement, garder Faith n'était pas de tout repos. En soi, c'était presque une forme d'entraînement.

— Je reprends le boulot au *Fix* à partir de vendredi, ajouta-t-il. Mais je ne commence pas avant dix-huit heures.

Darryl était un cycliste chevronné et il adorait parcourir la ville. Compte tenu de la densité de la circulation, Cameron préférait en faire en périphérie, dans des endroits plus calmes.

— Tu vas au travail à vélo ?

Le chemin entre la maison de Darryl et le tribunal était assez long, mais Cameron savait que cela ne lui faisait pas peur.

— Peut-être quand il fera moins chaud. Pour l'instant, je suis trop concentré sur la bonne impression que je dois faire au juge pour prendre le risque d'arriver en sueur et de devoir changer de vêtements sur place. D'ailleurs, il faut que j'y retourne ! Je peux passer te prendre samedi, si tu veux ? J'ai un porte-vélo sur la Land Rover...

Ils se mirent d'accord, payèrent l'addition et quittèrent ensemble le bar. Cameron avait l'intention de rentrer chez lui, mais sans s'en apercevoir, il se retrouva finalement devant l'école de cinéma.

C'était ridicule. Même pendant l'été, l'Université du Texas était une véritable fourmilière et ses chances de tomber sur Mina étaient extrêmement minces. En plus, peut-être avait-elle terminé et avait-elle rejoint une amie pour faire les magasins ? Où peut-être que son maître de stage lui avait proposé de travailler dans un café plutôt que dans le cadre rigide de l'université ?

Il décida de l'appeler. Il sortit son téléphone de sa poche arrière et composa son numéro. Si elle n'était pas disponible pour le voir un instant, il rentrerait chez lui...

— Cameron !

Le téléphone encore à l'oreille, il se retourna et découvrit Mina qui approchait avec un large sourire. Il fut ébloui, comme s'il s'agissait d'un rayon de soleil.

— Qu'est-ce que tu fais ici ? demanda-t-elle en lui sautant au cou.

— Ça ne fait pas trop harceleur si je te dis que j'avais envie de te voir ? répondit-il en rangeant son téléphone dans sa poche.

— Un peu, fit-elle sans se départir de son sourire. Mais j'aime beaucoup être harcelée par toi...

— Tu as terminé ? lui demanda-t-il en lui prenant la main.

— J'ai dit à Megan et à Taylor que j'irais faire les magasins avec elles, répondit-elle d'un air désolé. Et ensuite, on doit aller boire un verre.

Elle semblait gênée de ne pas pouvoir rester avec lui.

— Aucun problème ! rétorqua-t-il en tâchant de masquer sa déception. Passe-leur le bonjour de ma part ! On peut se voir demain soir, dans ce cas ?

— Bien sûr ! Je suis libre à partir de dix-neuf heures...

— Rendez-vous coquin ? demanda-t-il, feignant la jalousie.

— J'espère bien ! rétorqua-t-elle en soutenant son regard avec un sourire complice.

— En tout cas, après dix-neuf heures... Avant, je n'en sais rien.

— Rien de très glamour, rassure-toi. Je dois faire les derniers réglages au *Fix* avant qu'il y ait trop de monde. Mais tu peux peut-être me rejoindre là-bas ? Sauf si tu avais prévu autre chose ?

— Je pensais à autre chose, en effet.

— Tu sais que j'ai encore deux heures avant de rejoindre les filles ? suggéra-t-elle. Ta coloc n'est pas très loin d'ici, il me semble ?

— En fait, j'ai une meilleure idée !

— Ah bon ? Laquelle ?

— Fais-moi confiance.

Pour son plus grand plaisir, Mina accepta de le suivre sans poser davantage de questions. Il s'arrêta dans une épicerie pour acheter des graines de tournesol crues, puis il la conduisit en direction de la faculté de droit, s'arrêtant tout au long du chemin pour donner à manger aux écureuils qui s'approchaient d'eux avec gourmandise. Chaque fois qu'ils en nourrissaient un, une multitude d'autres les rejoignaient instantanément, comme par magie. Leurs graines de tournesol eurent tellement de succès que, lorsqu'ils arrivèrent à la faculté de droit, leur sachet était vide.

— Ils sont tellement mignons, déclara Mina. Je suis sûre qu'on les a placés ici pour attirer les étudiants !

— Quand j'étais petit, ma grand-mère nous amenait souvent ici, ma sœur et moi. Nous n'avions pas beaucoup d'argent et l'université était comme un immense terrain de jeu pour nous, lui dit Cameron. Elle nous préparait des pique-niques gargantuesques que nous mangions en haut de la colline, près de la bibliothèque *Lyndon Baines Johnson*, et que nous partagions avec les écureuils et les oiseaux. C'est aussi pour ça que je voulais étudier ici, ajouta-t-il avec nostalgie. C'est un peu comme chez moi.

— Pourquoi sommes-nous à la faculté de droit ? Tu as finalement décidé de suivre la même carrière que mon frère ?

— Absolument pas ! Je veux juste que nous soyons sur le même pied d'égalité, toi et moi...

Mina ne semblait pas comprendre. Elle arqua les sourcils d'un air interrogateur.

— Je comprends à peu près ce que tu fais, expliqua Cameron. Tu gères les caméras, l'éclairage...

— Mais quel rapport avec la fac de droit ? insista-t-elle.

— Ici, il y a une bibliothèque dans laquelle se trouvent des livres et des manuscrits rares. Je voudrais te montrer quelque chose... Après les écureuils, je suis sûr que tu vas trouver ça intéressant. Au pire, tu trouveras ça aussi mignon qu'eux.

— Tu m'intrigues ! lança-t-elle avec enthousiasme. Allons-y !

Il la conduisit alors jusqu'à l'immense bibliothèque plongée dans le silence, où dormaient des collections entières de livres de droit et d'œuvres d'art enfermées dans des présentoirs en verre. Les bibliothécaires saluèrent Cameron. Ils le connaissaient, car il avait passé une grande partie de l'année précédente à travailler sur des livres anciens dans le cadre de ses études.

Ils se rendirent dans la salle où étaient conservés les livres rares et tombèrent sur Kelly, l'une des archivistes. Cameron lui avait envoyé un SMS pendant qu'ils nourrissaient les écureuils et elle avait déjà sorti le livre qu'il voulait montrer à Mina. Après les avoir salués, et après avoir rappelé à Cameron d'utiliser des gants jetables avant de manier le volume, elle disparut dans son bureau, témoignant ainsi de toute la confiance qu'elle avait en lui. Il en était touché. Les livres conservés dans cette salle avaient une valeur inestimable.

— C'est magnifique, s'extasia Mina à voix basse, respectant le silence de rigueur dans ce genre d'endroit.

Les mains derrière le dos, comme pour être certaine de ne pas toucher n'importe quoi, elle observait le livre imposant posé sur la table, au centre de la pièce. Les pages étaient recouvertes de dessins complexes et d'une écriture presque indéchiffrable.

— Il s'agit d'une bible de Gutenberg ?

— Non, les bibles de Gutenberg ont été imprimées sur une presse. Il s'agit d'un manuscrit enlu-

miné, et celui-ci a été écrit à la main au quatorzième siècle.

— Vraiment ? s'étonna-t-elle. Intégralement à la main ?

— Les moines copistes passaient leurs journées à écrire chaque page.

— Je n'en reviens pas. Quel travail éreintant !

— Je crois, en effet, confirma-t-il. Et regarde, lui montra-t-il en désignant ce qui amusait toujours les collégiens qui venaient parfois visiter la bibliothèque avec leur professeur d'histoire. Quand ils s'ennuyaient, ils gribouillaient.

Mina se pencha pour observer de plus près la marge que lui montrait Cameron.

— C'est une souris ? fit-elle en levant les yeux vers lui.

Il lui sourit, davantage amusé par sa surprise que par la souris dessinée par le moine.

— C'est incroyable, n'est-ce pas ? Parfois, on tombe même sur des dessins un peu plus osés !

Il continua de lui montrer quelques pages, ravi qu'elle soit si intéressée, puis ils quittèrent la bibliothèque. Lorsqu'ils furent à l'extérieur et qu'ils purent enfin parler à voix haute sans se soucier de leur environnement, elle se blottit contre lui.

— Merci ! lui dit-elle. J'étais très heureuse de découvrir un peu ton travail.

— Bon, je précise tout de même qu'il ne s'agit pas que de moines et de souris.

Elle rit.

— Je me doute. Mais ça me donne une idée concrète de ce dont tu t'occupes. Et ça me fait très plaisir.

Se hissant sur la pointe des pieds, elle l'embrassa. Un baiser doux, tendre et amoureux. Le genre de baiser qui exprimait un attachement profond.

Cameron ressentit une joie immense, mais il se força à ne pas se laisser envahir par l'espoir.

DIX

Il était à peine cinq heures du matin lorsque la sonnerie de son téléphone retentit. Cameron sursauta et saisit aussitôt son appareil, inquiet qu'il soit arrivé quelque chose à Mina. Il fut soulagé lorsqu'il découvrit qu'il s'agissait de sa sœur, Kiki.

— Je t'ai déjà dit qu'il fallait enlever six heures, et non pas ajouter six heures, soupira-t-il en décrochant.

— Merde ! Je suis désolée. J'oublie toujours. Tu étais réveillé ?

— Non, mais maintenant oui, grommela-t-il. Tu es toujours à Londres ?

Sa sœur était la chanteuse et principale compositrice des Pink Chameleon, un groupe qui avait récemment fait son retour et qui était en tournée aux

États-Unis et en Europe. Ils récoltaient de très bonnes critiques et faisaient salle comble tous les soirs.

— Oui ! Je me promène avec Celia dans le parc à l'extérieur du palais de Buckingham.

— Dis à Noah qu'il faut surveiller un peu mieux ton utilisation du téléphone, plaisanta-t-il.

Kiki était mariée depuis près de deux ans à Noah, le président de la branche de *Stark Technologies Appliquées* à Austin. Lorsqu'elle était en tournée, Noah en profitait pour effectuer ses voyages professionnels, si bien qu'aucun des deux n'était à Austin en ce moment.

— Il est à New York avec Damien, précisa-t-elle en mentionnant le patron de Noah, Damien Stark.

Cameron ne l'avait rencontré que quelques fois, mais il se souvenait d'un home très simple et abordable, ce qui l'avait surpris, étant donné qu'il était suffisamment riche pour acheter l'intégralité du système solaire américain et bien plus...

— Je ne vais pas le voir avant mon retour à Austin, ajouta-t-elle.

— Alors, demande-lui de te faire un pense-bête, parce que chaque fois qu'il est absent, tu m'appelles au milieu de... attends. Tu as dit Austin ?

— Oui ! Comme nous avons calé des dates à

Dallas et à San Antonio au début de la deuxième étape de la tournée américaine, j'ai insisté pour que nous ayons au moins une nuit à la maison. Être sans arrêt sur la route est usant !

— C'est génial ! s'exclama Cameron.

Née d'un père différent, Kiki était sa demi-sœur, plus âgée que lui de dix ans. Elle avait toujours été pour lui à la fois une sœur et une maman. Lorsqu'elle était venue s'installer à Austin, il s'en était réjoui – et elle lui manquait terriblement chaque fois qu'elle partait en tournée.

— Tu arrives quand ?

— Nous jouons à Dallas mardi, à San Antonio jeudi. Donc, je serai à Austin mercredi.

— Mercredi ? répéta-t-il, surpris. Dans même pas une semaine ?

— Je sais ! On dîne ensemble ?

— Mais carrément ! Oh. Merde…

— Tu as quelque chose de prévu ? demanda-t-elle, déçue.

— Oui, soupira-t-il, aussi déçu qu'elle. Je t'avais parlé de cette élection de l'homme du mois qu'organise le *Fix* ?

— *Intermède comique ?* demanda-t-elle avec l'air de trouver cela parfaitement idiot. Je n'arrive toujours pas à croire que tu aies participé à ça.

— Je n'aurais jamais dû t'en parler, répondit-il sèchement. En tout cas, l'élection a lieu toutes les deux semaines, et mercredi prochain, c'est l'élection de Mister Mars.

— Tu y participes encore ?

— Non ! s'exclama-t-il. En fait, techniquement, je suis inscrit d'office, car ceux qui n'ont pas gagné une élection peuvent participer à la suivante s'ils le souhaitent. Je ne compte pas le faire, mais vu que Mina travaille sur l'émission et que je suis maintenant directeur adjoint du bar, il faudrait que j'y sois, même si je ne suis pas censé travailler à ce moment-là.

— Je comprends. Au fait, je t'ai déjà félicité par SMS, mais encore bravo pour ta promotion !

— Merci.

— Et Mina ?

Il lui avait parlé de son attirance pour Mina avant qu'elle ne parte en tournée. En tant que femme, elle pouvait lui donner quelques bons conseils. Elle n'avait pas été d'une grande aide, mais parler de ses sentiments avec sa sœur avait été pour lui un grand soulagement.

— Ça va, répondit-il. D'ailleurs, j'allais justement t'envoyer un message pour te demander...

Il voulait lui demander s'il pouvait inviter Mina à

son appartement pendant leur absence, à Noah et elle, mais il s'interrompit. Une meilleure idée lui était venue à l'esprit.

— Cameron ?

— Euh... oui, excuse-moi, je suis là ! Il n'y aura que toi et Noah mercredi prochain, ou le reste du groupe vient aussi ?

— Juste Noah et moi. Celia a de la famille à San Antonio. Quant à Eden et Kristi, elles ont dit qu'elles ne voulaient qu'une seule chose : s'enfermer dans leur chambre d'hôtel pour dormir jusqu'au prochain concert. Pourquoi ?

— Est-ce que toi et ta guitare, vous accepteriez de nous faire un numéro acoustique ? Je sais que tu n'as pas le droit de chanter les chansons de la tournée, mais tu pourrais interpréter autre chose ?

— Euh... oui, ce doit être possible. Pourquoi ?

— Je me dis que ce serait une magnifique surprise pour les clients. Ça fait plus d'un an que vous n'avez pas joué au *Fix* et, depuis, votre groupe est devenu super célèbre. Je pourrais demander à Nolan d'en parler ensuite dans son émission de radio. Si on pouvait dire que le *Fix* est le QG de Kiki King, tu imagines la pub que ça nous ferait ? En ce moment, on en a cruellement besoin. Il faut à tout prix qu'on augmente notre chiffre d'affaires.

— Je vois, répondit-elle en riant, amusée par l'enthousiasme de son frère. Je le ferai, bien évidemment. Mais à une condition.

— Laquelle ? demanda-t-il en plissant les yeux, même si elle ne pouvait pas le voir.

— Que tu participes à l'élection de Mister Mars.

— Quoi ? s'exclama-t-il, étonné que sa sœur lui demande une chose pareille. Mais pourquoi ?

— Parce que c'est comme ça ! J'ai l'impression d'être partie depuis une éternité et je trouve que je ne t'ai pas suffisamment embêté ces derniers temps...

— D'accord, soupira-t-il en riant. Mais dans ce cas, j'ai une condition, moi aussi.

— Ouh là là, cette histoire me paraît sans fin ! Laquelle ?

— Tu me prêtes votre appartement pour ma soirée avec Mina ce soir.

— Bien sûr. Tu as tous les codes d'accès, tu sais que tu peux y aller quand tu veux !

— Je sais. Mais je préférais te le demander avant. Nous pourrons y rester tout le week-end ?

— Tu comptes la demander en mariage ?

— Si seulement, répondit-il en riant.

— Bon en tout cas, tu n'as même pas besoin de demander, lui assura-t-elle. Notre appartement est à toi jusqu'à mercredi.

Malgré le fait qu'il se soit rendormi après sa conversation avec sa sœur, Cameron se sentait épuisé. Il était maintenant dix-huit heures et il n'avait pas cessé de faire des allers-retours à l'appartement de sa sœur tout l'après-midi pour préparer sa soirée avec Mina. Lorsqu'il fut certain que tout était parfait, qu'il n'avait rien oublié, il se doucha et enfila un jean et une chemise propres, puis il se rendit au *Fix*.

Il n'était que dix-huit heures quinze lorsqu'il arriva. Mina serait peut-être encore en train de travailler, mais il en profiterait pour discuter un peu avec ses amis.

Il rejoignit Éric, qui travaillait derrière le bar, puis jeta un coup d'œil en direction de Tiffany. Elle lui lança un grand sourire en levant le pouce. Cameron ne savait pas si c'était simplement pour lui dire bonjour ou une manière de lui faire comprendre que tout allait bien avec Éric.

Il parcourut ensuite la pièce du regard à la recherche de Mina et Jenna. Il trouva Mina en premier ; elle était en train de marcher tout autour du bar, la caméra à l'épaule. Lorsqu'elle aperçut Cameron, elle s'immobilisa et maintint la caméra sur lui en souriant. Supposant qu'elle faisait un zoom sur son visage, Cameron fit une grimace, ce à quoi Mina répondit en lui tirant la langue.

Il lui fit un clin d'œil, puis il chercha Jenna. Il la découvrit finalement dans le bureau, avec Tyree qui triait une pile de papiers administratifs.

— Salut, Cameron ! lança Tyree en levant les yeux de son bureau lorsqu'il frappa à la porte. Tu ne devais reprendre que demain. On te manquait tant que ça ?

— Tu sais bien que le *Fix* c'est un peu ma maison, répondit Cameron avec un clin d'œil.

— Je connais ce sentiment, répondit Tyree avec un large sourire. Quoi de neuf ?

— Je voulais parler à Jenna, mais finalement, c'est bien que vous soyez là tous les deux.

Il leur fit part de sa conversation avec sa sœur et leur annonça qu'elle était d'accord pour jouer avant l'élection de Mister Mars.

— C'est une blague ? s'exclama Tyree. Tu sais que je pourrais te virer pour foutage de gueule ? plaisanta-t-il en croisant les mains derrière sa tête.

— Je sais... répondit Cameron en riant.

— Sérieusement, j'ai toujours adoré ce que fait ta sœur !

— Je confirme ! intervint Jenna. On peut même

parler de passion, à ce stade ! En tout cas, c'est une très bonne nouvelle, conclut-elle sérieusement.

— Elle adore ce bar. Et elle préfère jouer dans de petites salles avec seulement sa guitare, plutôt que dans les grands stades où elle tourne avec son groupe.

— De quoi parlez-vous ? demanda soudain Mina en s'approchant de lui pour poser sa main dans son dos.

Par réflexe, Cameron se raidit, de peur que Tyree et Jenna ne s'aperçoivent de leur intimité nouvelle.

— Kiki va se produire ici mercredi prochain, déclara Jenna.

— Vraiment ? fit Mina en regardant Cameron. C'est toi qui le lui as demandé ?

— Oui, répondit-il en soutenant son regard.

Pendant un instant, ils se laissèrent bercer par leurs sentiments l'un envers l'autre, puis Mina se tourna vers Jenna.

— J'étais venue vous dire que Brooke avait une question et vous prévenir que je partais ; j'ai un rendez-vous ce soir ! déclara-t-elle avec un sourire, évitant le regard de Cameron.

Lorsqu'elle s'en alla, Cameron perçut encore, comme une promesse, la sensation de sa main dans son dos. Il craignit que Jenna ne lui dise quelque chose à propos de Mina et lui, mais à son grand soulagement, elle prit un parapheur sur le bureau et passa devant lui en direction du couloir.

— Je vais voir ce dont Brooke a besoin, lança-t-elle en s'éloignant.

Cameron sortit à son tour. Il ne savait pas si Tyree avait compris qu'il se passait quelque chose entre Mina et lui, mais en tout cas, il n'en laissa rien paraître.

— Merci beaucoup, Cameron. Vraiment, lui dit Tyree avant qu'il ne quitte le bureau.

Cameron se contenta de lui sourire chaleureusement, puis il retourna vers le bar avec l'intention de retrouver Mina.

Il n'eut à faire que quelques pas dans le couloir lorsqu'elle l'attrapa par le coude et l'attira vers elle, entre deux étagères où étaient stockées les serviettes en papier.

— C'est super ce que tu as fait ! Demander à ta sœur de venir chanter ici, je veux dire.

— Tu crois ?

Elle accrocha ses mains autour de son cou et se mit sur la pointe des pieds, de telle sorte que ses lèvres effleurèrent le creux de son oreille.

— J'adore que tu prennes des initiatives, susurra-t-elle. C'est très *très* sexy...

Son souffle à son oreille provoqua en lui une vague de désir intense. Il frissonna et ferma les yeux, se retenant de l'embrasser. N'importe qui pouvait les surprendre et leur relation ne serait alors plus un secret pour personne.

Il n'y voyait d'ailleurs aucun inconvénient, mais il savait que Mina ne souhaitait pas que les autres soient au courant. Et puis, il devait bien admettre que cette discrétion l'excitait. Le fait que Mina se montre si imprudente le rendait dur comme de l'acier. S'il s'écoutait, il la baiserait sur-le-champ, entre les deux étagères.

Mina fit glisser sa main jusqu'à sa verge en érection et gémit légèrement, ce qui renforça son désir pour elle.

— J'ai hâte d'être à ce soir, murmura-t-elle.

— Je ferai de mon mieux pour être à la hauteur, répondit-il d'un ton chevaleresque qui la fit rire.

Lorsqu'elle resserra légèrement sa main autour de sa queue, il fut incapable de résister. Il lui saisit les poignets et leva ses mains au-dessus de sa tête, plaquant son corps contre le sien.

— Tu joues à un jeu dangereux, ma belle. Si tu continues, je ne vais pas pouvoir faire autrement que de te baiser ici, quel qu'en soit le risque...

— Tu sais que les toilettes sont juste à côté,

suggéra-t-elle d'un air malicieux en soutenant son regard.

*Putain !*

Elle essaya de se défaire de sa prise, mais il l'en empêcha. Ça l'excitait de la savoir ainsi soumise à lui.

— Non, dit-il finalement, changeant presque aussitôt d'avis lorsqu'il vit la déception dans ses yeux.

Il lâcha l'un de ses poignets et caressa sa poitrine, puis il descendit entre ses cuisses, la frottant à travers son legging.

— Le reste ce soir, chuchota-t-il avant de se détacher d'elle.

— Tortionnaire ! lança-t-elle en souriant.

— Pour l'instant... Mais je suis prêt à parier que tu changeras d'avis tout à l'heure.

Il passa le bout de son doigt sur son cou, sur son épaule, puis de plus en plus bas jusqu'à son entrejambe.

— D'accord, répondit-elle, le défiant du regard. Nous verrons...

— Une limousine ? s'étonna Mina en admirant le véhicule noir aux lignes élégantes devant elle.

Ils avaient quitté *Le Fix* par la porte de service, puis ils avaient remonté l'allée jusqu'à la rue Brazos. Elle n'avait pas prêté attention au véhicule de luxe avant que le chauffeur n'en sorte pour ouvrir la portière arrière et que Cameron ne la guide dans cette direction.

— Inattendu, mais très agréable ! lui lança-t-elle avec un grand sourire une fois qu'ils furent installés sur la banquette arrière.

Cameron lui tendit l'une des deux coupes de champagne disposées devant eux, puis il appuya sur le bouton permettant de lever la vitre de confidentialité avant de prendre la sienne. Il trinqua :

— Aux surprises !

— Aux surprises ! répondit-elle en souriant.

*En fait*, pensa-t-elle, *la plus grosse surprise est Cameron lui-même.* Jamais elle n'aurait imaginé être un jour avec lui et se sentir aussi bien, aussi connectée.

Elle but une gorgée puis regarda par la vitre.

— Où allons-nous ?

— Ah, mince, tu ne connais pas la notion de surprise peut-être ? plaisanta-t-il.

— Mais je pensais que la limousine *était* la surprise, répondit-elle en riant avant de finir son verre et de le lui tendre pour qu'il la resserve.

— En fait, il y a plusieurs surprises, déclara-t-il en versant le champagne dans sa coupe. Et, en effet, la limousine était la première, mais ce n'est pas la seule...

— C'est une magnifique première surprise, alors ! Mon père ne loue presque jamais de limousine et, les rares fois, c'est toujours pour son travail. Les seules dans lesquelles je suis montée, c'étaient celles qu'on louait à plusieurs à l'université. Mais ça finissait toujours par sentir la bière et il y avait systématiquement un mec qui se déshabillait, passait sa tête par le toit ouvrant et criait des insultes aux piétons ! lui raconta-t-elle, heureuse de profiter enfin pleinement d'un trajet de luxe avec l'homme qu'elle aimait.

— Zut ! fit-il en soupirant. J'ai oublié de prévoir un mec à poil et ivre pour insulter les piétons par le toit ouvrant. Tu veux que je commence à me déshabiller ?

— Ne t'inquiète pas, je m'occuperai de te déshabiller moi-même, répondit-elle en le dévisageant. Par contre, je te garderai pour moi seule, dans la limousine !

Elle demanda à nouveau où il l'emmenait, mais il répéta que c'était une surprise.

— J'ai aussi grandi ici, tu sais ! Ça ne va pas être aussi facile que ça de me surprendre... À moins que tu ne m'emmènes à l'aéroport ?

— Oups ! J'ai oublié de réserver le jet privé pour Paris !

Elle eut une vision soudaine d'eux deux à Paris, mangeant des croissants à une terrasse de café, se tenant la main en montant au sommet de la tour Eiffel, visitant le Louvre et découvrant avec émerveillement les rues de la ville. Avec son goût de l'aventure et son amour pour l'histoire, elle savait que ce serait un voyage incroyable et elle se fit presque peur en réalisant qu'elle commençait à faire des projets avec Cameron.

Il l'attira à lui et l'embrassa, la sortant de son rêve parisien pour faire en sorte qu'elle ne regarde plus la route et ne devine pas leur destination.

Ils profitèrent pendant tout le reste du voyage de leur intimité et du confort de la limousine, discutant et s'embrassant. Lorsque la voiture s'arrêta, Mina s'empressa de vérifier sa tenue. Elle ne découvrit la surprise que lorsque le chauffeur vint lui ouvrir la portière.

— *L'Oasis* ! s'exclama-t-elle en descendant de la voiture, reconnaissant l'un des meilleurs restaurants de la ville. Juste à temps pour le coucher du soleil, en plus ! Ça ne pouvait pas être plus parfait !

— L'un des barmans est mon ami et il m'a promis qu'il demanderait à la serveuse de nous installer à la meilleure table, renchérit-il en la prenant par la taille, heureux de la voir si émerveillée.

Elle prenait la mesure de ce que représentait la « meilleure table », bien sûr. *L'Oasis* était construit sur plusieurs niveaux, sur une colline surplombant le lac Travis. Il était orienté à l'ouest et les couchers de soleil auxquels on assistait depuis le restaurant étaient magnifiques et très célèbres dans la région. Obtenir la « meilleure table », surtout en été, était tout un exploit.

— Tu es incroyable ! lui dit-elle en le prenant

dans ses bras... La limousine, le dîner devant un coucher de soleil. Qu'as-tu prévu pour la suite ?

— En fait... des margaritas et des nachos si ça te convient ?

— Tu plaisantes ? C'est parfait ! Tout est parfait ! ajouta-t-elle en l'embrassant.

Comme promis, la serveuse les installa à une table juste devant le lac. Ils avaient encore trente minutes avant le coucher du soleil et ils parlèrent de tout et de rien – notamment du voyage qu'elle avait imaginé pour eux à Paris. Pendant qu'ils discutaient, le soleil avait glissé doucement dans le ciel et disparut finalement, laissant derrière lui une palette de teintes roses et orangées, toutes plus belles et lumineuses les unes que les autres.

— C'était incroyable, murmura-t-elle en lui prenant la main par-dessus la table. Merci, vraiment !

— Je suis content que ça t'ait plu ! répondit-il en la regardant droit dans les yeux. Mais ce n'est pas encore fini...

En fait, elle comprit une heure plus tard que *L'Oasis* n'était qu'un amuse-bouche. À leur retour en ville, Cameron l'emmena dans l'un des gratte-ciel du centre. Ils prirent l'ascenseur et montèrent indéfiniment jusqu'à l'un des derniers étages, où il la guida dans un appartement magnifique avec vue sur le fleuve.

— Ce sera encore plus beau demain, déclara-t-il, même si la nuit, c'est déjà magnifique, avec toutes ces lumières.

Elle acquiesça en se contentant de le regarder dans les yeux, un sourire aux lèvres. Elle explora ensuite l'appartement, remarquant la musique classique qu'il avait mise en fond sonore et les verres à vin posés sur le bar près de la cuisine.

En entrant dans la chambre, elle découvrit une pièce bordée de bibliothèques avec, en son centre, un lit sur lequel Cameron avait déposé des pétales de rose.

— Cet endroit est incroyable ! s'extasia-t-elle. C'est à toi ?

— À nous, précisa-t-il. Pour le week-end.

— Tu ne travailles pas ce week-end ? Et comment ça, « à nous » ?

— En fait, c'est l'appartement de ma sœur. Enfin, de ma sœur et de son mari, Noah. Elle vivait ici avant son mariage et ils ont décidé de garder l'appartement. Ils ont aussi une maison à Los Angeles. Ils rentrent mercredi ; jusque-là, on est comme chez nous !

— Mais...

— Tu as raison, l'interrompit-il. Je dois travailler. Mais je me suis dit que ce serait bien de partager un appartement – un morceau de vie quotidienne – pendant quelques jours. Si tu trouves ça ridicule, ou si tu ne te sens pas à l'aise ici...

— J'adore ! s'empressa-t-elle de répondre sans le laisser finir. J'ai très envie de jouer au petit couple avec toi, Cameron Reed, ajouta-t-elle doucement en le regardant droit dans les yeux.

Le soulagement sur son visage était si évident qu'elle fut submergée par l'envie de l'embrasser. Blottie contre lui, elle posa doucement ses lèvres sur les siennes, se sentant à la fois heureuse, chanceuse, et aimée.

— J'ai une bouteille de vin au frais, déclara-t-il. Tu veux un verre ?

Elle accepta, puis s'assit sur le canapé devant la fenêtre, pendant qu'il apportait les verres et le vin blanc. Lorsqu'il revint, il les servit et s'assit à côté d'elle. Ils parlèrent alors de leurs projets pour ces prochains jours de vie commune tout en admirant le scintillement des lumières de l'autre côté du fleuve.

— Tu ne vas pas te sentir trop seule pendant que je serai au travail ? lui demanda-t-il après lui avoir donné les codes d'accès à l'appartement.

— Non... répondit-elle simplement.

Elle faillit le taquiner en disant qu'elle ferait venir d'autres hommes à l'appartement pour lui tenir compagnie, mais même pour plaisanter, elle en fut incapable. Elle avait réalisé, tout au long de la soirée, que Cameron représentait exactement tout ce qu'elle cherchait chez un homme. Surtout, elle prenait conscience que cette pensée était moins effrayante qu'elle n'aurait dû l'être et cela la surprenait, elle qui avait toujours pensé qu'elle attendrait d'avoir une situation professionnelle stable avant de s'engager dans une relation sérieuse.

Pourtant, quelque chose l'empêchait de se livrer totalement. Elle avait peur de le laisser entrer dans son cœur alors qu'elle prévoyait d'aller vivre à Los Angeles dès qu'elle aurait acquis suffisamment d'expérience dans son travail.

Mais elle savait, au fond, qu'il était trop tard. Cameron était déjà dans son cœur. Dans son cœur, dans ses pensées et dans son âme. Peu lui importait ce qui allait se passer, elle avait tout simplement envie de se laisser porter par ce sentiment naissant. Elle ne savait pas si elle était *amoureuse* de lui – ou, plutôt, elle n'avait pas envie d'y réfléchir –, mais elle était certaine d'une chose, c'était qu'elle le désirait et qu'elle avait envie d'être avec lui tout le temps. Elle se sentait bien. Or c'était déjà beaucoup, pensa-t-elle.

— À quoi penses-tu ? lui demanda-t-il pour la sortir de ses pensées.

— Il va falloir payer cher si tu veux le savoir, répondit-elle en souriant.

— Ça me va !

— Je pensais à toi, admit-elle en se levant, la main tendue. Et je pensais aussi au lit et aux pétales de rose, et au fait que j'avais très envie de faire l'amour avec toi maintenant.

Cameron la prit dans ses bras et la guida vers une nuit aussi magique que toute la soirée qu'ils venaient de passer.

Tard dimanche soir – en fait, tôt lundi matin – en rentrant à l'appartement après son travail, Cameron se dit qu'il devait beaucoup à sa sœur. Il ne s'était jamais senti aussi bien que lors de ces moments passés à l'appartement avec Mina. Ils allaient se promener sur les quais le matin, puis ils rentraient pour prendre un petit-déjeuner avant de refaire l'amour sous la douche. Mina passait au *Fix* chaque jour pour aider Brooke et Spencer, mais il leur restait encore beaucoup de temps pour profiter l'un de l'autre lorsqu'elle rentrait, avant que Cameron n'aille au travail.

Comme ils étaient tous les deux habitués à se coucher très tard dans la nuit, lorsqu'il la rejoignait en rentrant du *Fix*, ils faisaient l'amour malgré l'heure tardive avant de s'endormir dans les bras l'un de l'autre. Le matin, en se réveillant, ils traînaient au lit et discutaient. Cameron lui racontait ses nouvelles responsabilités qu'il trouvait parfois difficiles, mais dont il était heureux, et elle lui parlait des articles qu'elle avait lus, des endroits qu'elle avait visités et de toutes les petites choses qu'elle faisait entre la fin de ses cours et son nouveau travail.

En ouvrant la porte de l'appartement, il ressentit une joie immense à l'idée de la retrouver.

Habituellement, elle venait l'accueillir à la porte, mais ce soir-là, elle lui fit signe de la main depuis le canapé où elle était en train de téléphoner, une tasse de tisane devant elle.

— Merci, disait-elle. Je suis tellement heureuse ! C'est exactement ce dont je rêvais !

Elle se tut un instant, hochant la tête tandis que son interlocuteur parlait.

— Oui, bientôt... Ah bon ? s'exclama-t-elle. C'est formidable ! Tu aurais dû commencer par ça ! Carrément les droits de production ?

Elle se leva tout en écoutant la réponse, puis elle vint l'embrasser, lui faisant signe qu'elle n'en avait plus que pour une minute.

— Dis-lui que je le félicite et qu'on en reparle très vite, d'accord ? Profite bien de ton *happy hour* ! D'accord, gros bisous. À bientôt !

Elle raccrocha puis rejoignit Cameron dans la cuisine, où elle se prépara une autre tisane.

— C'était qui ? demanda-t-il.

— Lydia, répondit-elle en versant l'eau de la bouilloire dans sa tasse. Ma copine qui vient de s'installer à Los Angeles. Elle m'annonçait que l'un de nos amis communs venait d'obtenir ses premiers droits de production !

— Et tu leur as parlé de ton travail j'espère ?

— Oui, fit-elle d'une voix un peu morne. C'est d'ailleurs pour ça je l'ai appelée. Je sais qu'il est tard là-bas, mais j'étais sûre qu'elle serait encore debout en train de faire la fête !

Cameron fronça les sourcils. Il ne savait pas quoi exactement, mais il sentait, à sa voix, que quelque chose n'allait pas.

— Elle connaît le studio, j'imagine ? Les projets de Griffin et de Beverly Martin, je veux dire, sur lesquels tu vas travailler. Ce sont des émissions célèbres ! dit-il pour tenter de la rassurer.

— Je sais, fit-elle en se tournant vers lui d'un air las. En fait, la journée a été longue et bizarre, ajouta-t-elle en se frottant le visage. Et puis, Lydia me manque. On avait l'habitude de sortir avec elle et un groupe d'amis tous les vendredis soir... Bon, enfin, c'est juste un peu de mélancolie. Ça va passer !

Malgré sa tentative pour minimiser ce qui était en train de se passer en elle, Cameron ne put s'empêcher de se sentir inquiet. Mais il décida de chasser ses doutes et de ne pas lui poser davantage de questions.

— Tu as de la chance, je suis spécialiste pour faire passer la mélancolie ! Habille-toi ! ajouta-t-il en regrettant déjà de ne plus la voir dans son mini-short et débardeur. Je veux te montrer quelque chose.

— Maintenant ? Dehors ? s'étonna-t-elle.

Il hocha la tête en souriant, attendit qu'elle ait fini d'enfiler un jean et des chaussures, puis la guida jusqu'à la porte d'entrée.

— Tu sais qu'il est presque trois heures du matin, insista-t-elle dans l'ascenseur. Où allons-nous ?

— Pas loin.

Il avait de nouveau appelé le service de voiture et la limousine était arrivée à l'heure. Le chauffeur se tenait près de la portière, prêt à l'ouvrir pour Mina.

— Bonsoir, leur dit-il avec un large sourire en les

reconnaissant.

Alors que la limousine démarrait, Cameron tendit une coupe de champagne à Mina.

— Aux longues nuits... lança-t-il en trinquant.

Elle avait toujours l'air déconcertée, mais elle sourit et entrechoqua son verre avec le sien.

— Aux longues nuits.

Elle but une gorgée, puis elle fit un signe de tête en direction de deux petits sacs de toile qui se trouvaient au sol. Ils étaient tous les deux sans logo, bien fermés.

— C'est pour nous ?

— Oui !

— Je peux en ouvrir un ?

— Non !

— Cameron, supplia-t-elle.

Il rit, amusé par son impatience.

À peine cinq minutes après que la limousine eut démarré, le chauffeur se gara à l'endroit que lui avait désigné Cameron, sur la rue Baylor, aux abords du centre-ville, sous l'ancien château.

— Viens ! lança-t-il en attrapant son sac, exhortant Mina à prendre le sien.

— Graffiti Park ! s'extasia-t-elle en descendant de voiture. Tu sais que je ne suis encore jamais venue ici ?

— Moi non plus, admit Cameron.

Graffiti Park était l'un des endroits phares d'Austin. Officiellement appelé la *Hope Outdoor Gallery*, Graffiti Park se composait de vestiges de vieux bâtiments en béton, au bas d'une colline. Un contraste urbain avec le château de style médiéval qui ornait le sommet de la colline, l'un des premiers bâtiments d'Austin, et que Cameron avait visité une fois enfant lorsque les propriétaires de l'époque l'avaient transformé en une maison hantée pour Halloween.

Pendant des années, les ruines de béton étaient restées d'un blanc immaculé, comme des os polis par le soleil. Puis, à l'occasion d'un festival *South by Southwest* qui y fut organisé en 2011, les murs avaient été rendus accessibles aux graffeurs. Le site était rapidement devenu le lieu de prédilection des artistes et les graffiti étaient périodiquement blanchis à la chaux afin que les graffeurs amateurs ou confirmés puissent recommencer à dessiner.

Cameron avait décidé d'y emmener Mina avec la ferme intention d'ajouter leur touche à cette immense œuvre de *street-art*.

— Ils vont bientôt le démolir. Je ne sais pas quand exactement, mais j'ai lu que le conseil municipal avait voté sa destruction, avec le projet d'exposer une partie de mur à l'aéroport. J'imagine que les habitants du quartier n'apprécient que moyennement la population qu'il attire, ajouta-t-il en haussant les épaules.

— Dommage. Je trouve cet endroit magnifique !

Ils marchèrent le long du mur à la recherche d'un endroit où ils pourraient apposer leurs dessins. Lorsque, enfin, ils découvrirent un pan de mur à peu près vierge, Mina ouvrit son sac dans lequel se trouvait une bombe aérosol blanche et écrivit « *Mina & Cameron* » suivi d'un cœur et d'un smiley souriant.

Cameron se joignit à elle et ils continuèrent à pulvériser le mur pendant de longues minutes, découvrant mutuellement que l'un et l'autre n'avaient aucun don pour le dessin.

— Regarde, lui dit enfin Cameron en la prenant par la main pour lui montrer ce qu'il venait d'écrire : « *Mina + Cameron pour toujours* » à l'intérieur d'un grand cœur rouge.

Il se tourna alors vers elle, le cœur battant, appréhendant de découvrir sa réaction face à ce qui était clairement une déclaration d'amour de sa part.

Lorsque Mina le regarda à son tour, il fut soulagé. Elle souriait.

— Pour toujours, murmura-t-elle en l'entourant de ses bras. Au moins jusqu'à ce qu'ils détruisent le mur...

DOUZE

Assis sur le rebord du lit, Cameron regardait en direction de la salle de bain où elle était en train de se préparer pour la nuit. *Mina.* Tout en lui la désirait et il attendait impatiemment de la voir apparaître, s'étonnant encore lui-même d'être parvenu à se mettre en couple avec elle. Il y avait encore quelques jours, il n'aurait jamais osé l'imaginer.

Pourtant, c'était bel et bien le cas. Elle était *avec* lui. À lui.

Son cœur battait et sa verge commençait déjà à durcir. Tous ses sens étaient en éveil ; c'était comme si chaque parfum, chaque sensation, chaque son, même, était plus fort. Le bourdonnement de la climatisation. La soie du couvre-lit. Le bruit de l'eau qui coulait dans la salle de bain...

Et puis – enfin – le cliquetis subtil de la poignée qui tournait et le craquement des charnières lorsque la porte pivota.

Elle sortit, enroulée dans une serviette en éponge qui la recouvrait jusqu'en haut des cuisses et révélait ses longues jambes parfaites. Lentement, tout en le regardant droit dans les yeux, elle se dirigea vers lui. Cameron soutenait son regard, subjugué. Il avait hâte de défaire le nœud fragile qui retenait sa serviette et de découvrir ses seins fermes, son ventre plat, ce corps qu'il connaissait si bien mais dont il savait déjà qu'il ne se lasserait jamais.

— Je suis prête, murmura-t-elle.

Instantanément, sa queue devint plus dure encore. Incapable de répondre, il se contenta de la regarder en souriant, le cœur battant. Lorsqu'elle défit sa serviette, il en eut le souffle coupé. Elle était là, devant lui, nue, douce, magnifique. Il tendit les mains vers elle, mais...

*Bang !*

Une lumière intense et aveuglante envahit la pièce, forçant Cameron à plisser les yeux et à les protéger avec une main. Lorsque, petit à petit, il s'habitua à l'éclairage, il ouvrit les paupières et découvrit que Mina était partie, ainsi que l'appartement tout entier.

Il était seul, au milieu des murs en béton blanc de Graffiti Park, sous un soleil de plomb. Tous les dessins avaient été effacés. Tous sauf un, écrit en immenses lettres rouges, là, juste devant lui :

*Toujours ne dure que jusqu'à ce que ce soit fini.*

---

Cameron se redressa d'un seul coup, le cœur au galop, avec l'impression qu'il était encore dans son rêve.

À côté de lui, Mina ouvrit les yeux et se redressa également, la main tendue vers lui.

— Ça va ? demanda-t-elle, inquiète, en posant une main rassurante sur son bras.

Il hocha la tête, s'efforçant de respirer normalement.

— Oui, oui, répondit-il. J'ai fait un cauchemar. C'était...

Il s'interrompit et se frotta le visage pour recouvrer ses esprits.

— Tu veux en parler ?

— Non, c'était un rêve stupide. Rien de bien grave, la rassura-t-il avant de respirer profondément et de se rallonger.

Il tenta de se convaincre qu'il ne s'agissait que

d'un rêve. Il avait cru dépasser ses peurs, mais par les mots qu'il avait vus dans son rêve, son subconscient lui suggérait qu'il s'était peut-être trompé.

Et si c'était le cas ?

Après tout, Mina n'avait toujours pas dit à Darryl qu'ils sortaient ensemble. Et elle rêvait toujours de travailler à Hollywood.

Il avait vécu un rêve merveilleux ces derniers jours, mais finalement, à part leur connexion sexuelle et leur intimité approfondie, ils en étaient exactement au même point qu'au tout début de leur relation. Absolument rien n'avait changé.

*Sauf que tout avait changé.*

La petite voix dans sa tête le lui répéta : *tout avait changé.*

Et c'était vrai, aussi, d'une certaine manière. Ils étaient ensemble, après tout. Ils avaient créé un lien. On pouvait presque dire qu'ils étaient un couple.

Peut-être devait-il lui suggérer à nouveau d'en parler à Darryl ? Ce n'était pas comme s'il la harcelait avec ça, il ne lui en avait pas reparlé depuis leur première nuit ensemble, chez elle.

— Cam…, murmura-t-elle d'une voix ensommeillée. Tu as vraiment l'air contrarié. Tu es sûr que tu ne veux pas en parler ?

—Non, insista-t-il. Ça va passer.

— Viens ici, alors, proposa-t-elle avec un sourire en soulevant le drap, l'invitant à se pelotonner.

Il lui sourit et s'allongea tout près d'elle, tandis que Mina posait la tête sur sa poitrine.

— C'est mieux comme ça, non ?

— Oui, beaucoup mieux, confirma-t-il, espérant que tout finirait par s'arranger aussi facilement.

———

— Je ne travaille pas ce soir ! lança Cameron.

Lundi était finalement arrivé, et Mina et lui s'agitaient autour de l'appartement, remettant tout en ordre pour le retour de Kiki et Noah. Ils n'arrivaient pas avant mercredi, mais Cameron voulait que tout soit en ordre afin que la femme de ménage puisse nettoyer en profondeur.

— Tu veux qu'on propose à Darryl une soirée cinéma ? Je me ferais bien un bon film d'action...

— Bonne idée, répondit-elle à quatre pattes, à la recherche d'une chaussette sous le lit. Allez, murmura-t-elle. Montre-toi !

Adossé contre le mur, Cameron la regarda en riant. Il aurait voulu pouvoir mettre les quelques jours qu'ils venaient de passer ensemble dans une boîte et les conserver avec lui pour toujours. Il avait adoré faire l'amour avec elle, bien sûr, mais il avait aussi – peut-être surtout – aimé chaque instant du quotidien qu'ils avaient partagé. Toutes ces petites choses qui le faisaient sourire et remplissaient son cœur, comme la voir parler à une chaussette, par exemple.

Mais aussi cette habitude qu'elle avait de se parler à elle-même lorsqu'elle faisait quelque chose, sa façon de se brosser les dents en fredonnant, la musique classique le week-end et les Beatles la semaine... Et surtout, la douceur de son corps lorsqu'elle s'appuyait nonchalamment contre lui en attendant que le pain jaillisse du grille-pain.

Des choses concrètes. La vie, en fait... La vie avec elle.

C'était cette vie qu'il avait eu peur de voir disparaître, comme dans son rêve, en entendant les mots qu'elle avait prononcés ce soir-là, au parc :

*Pour toujours. Au moins jusqu'à ce qu'ils détruisent le mur...*

Il avait envie de passer le reste de sa vie avec elle. Et il espérait qu'elle ressentait la même chose. Car il n'allait plus pouvoir se cacher très longtemps. Il voulait être avec elle et que tout le monde le sache. Tout le week-end, il avait dû faire attention à ce qu'il disait pour ne pas révéler leur relation. Il avait détesté cela et il n'avait plus envie de continuer.

Il voulait être un couple. Maintenant et, si possible, pour toujours.

Il espérait que, lorsqu'il s'en ouvrirait à Mina, elle serait d'accord avec lui et qu'elle ne partirait pas en claquant la porte, sur lui, sur eux...

TREIZE

Mina avait fouillé chaque centimètre carré de l'appartement et elle était maintenant certaine d'avoir retrouvé tous les vêtements qu'elle y avait dispersés au gré des nombreuses fois où ils avaient fait l'amour durant ce long week-end. Ce qui signifiait qu'elle ne pouvait désormais plus éviter Cameron.

D'ailleurs, il était en congé jusqu'à vendredi, et pendant les quelques jours à venir, il serait beaucoup plus disponible, moins accaparé par son travail et ses nouvelles responsabilités managériales. C'était donc le bon moment pour lui dire ce qu'elle prévoyait de lui annoncer, ce qu'elle retenait en elle depuis plusieurs jours.

Pourtant, elle reportait constamment ce moment. Elle savait que la discussion ne serait pas agréable et elle aurait aimé pouvoir la repousser dans un futur lointain. Or mercredi allait vite arriver et le temps jouait contre elle.

*Merde !*

Le travail de ses rêves à Los Angeles lui était tombé du ciel comme par enchantement, lorsque l'assistante de son nouveau futur patron l'avait appelée dimanche soir pour lui dire que sa candidature, envoyée trois mois auparavant, avait été retenue.

Hollywood ! Le Graal ! Tout ce dont elle avait toujours rêvé... Là où tous ses amis étaient installés et construisaient leur carrière dans l'industrie du cinéma. Elle avait l'impression de vivre un miracle et la seule personne avec laquelle elle avait envie de partager sa joie était aussi la seule qui ne serait pas heureuse d'entendre la nouvelle. C'était pour ça qu'elle lui avait menti en prétendant que c'était son amie Lydia qui lui avait téléphoné.

Pourquoi se sentait-elle si mal alors que son rêve était en train de se réaliser ? Et comment allait-elle trouver le courage de tout avouer à Cameron ?

— Tu t'es mise au yoga ? lança-t-il, taquin. Ça fait au moins un quart d'heure que tu es à quatre pattes par terre.

— Bonne idée, répondit-elle en relevant la tête vers lui avec un sourire complice.

Il sourit et lui tendit une main pour l'aider à se relever.

— Tu sais...

Ils avaient parlé en même temps et ils se mirent à rire.

— Vas-y, commence, lui dit-elle, heureuse de pouvoir repousser encore un peu l'échéance.

— Si Darryl est d'accord pour regarder un film avec nous ce soir, je pense que nous devrions saisir l'occasion et lui dire, pour nous deux. Je n'ai plus envie de faire semblant, tu comprends ? conclut-il en la prenant dans ses bras.

Elle acquiesça, mais semblait réservée.

— Quant aux autres, on peut aussi décider de les laisser découvrir par eux-mêmes notre relation sans faire de déclaration cérémonieuse.

— D'accord... Mais je...

Sa voix se brisa et elle s'interrompit, furieuse contre elle-même de ne pas réussir à lui dire les choses simplement.

— Quoi ?

— C'est juste que je n'ai pas vraiment envie d'une soirée cinéma ce soir, admit-elle.

— Ah... d'accord, répondit-il, interloqué.

— Putain !

Le mot avait fusé et elle fut incapable de le retenir.

— Mina ? Que se passe-t-il ? demanda Cameron qui se rendait bien compte que quelque chose n'allait pas.

— Je ne sais pas comment te dire ça, lâcha-t-elle. Mais si je ne te le dis pas maintenant, j'ai l'impression que je ne te le dirai jamais...

Elle hésita un instant, reprit son souffle, et décida de tout lui avouer d'une seule traite.

— J'ai trouvé un travail à Los Angeles. Le job de mes rêves ! Je suis obligée de l'accepter.

Elle le regarda en retenant son souffle, incapable de lire en lui. L'expression de Cameron semblait dénuée d'émotions.

— Je comprends... finit-il par dire sur un ton monocorde. Félicitations !

Il prononça ce dernier mot avec une voix qui semblait dire tout le contraire, puis il lui tourna le dos et se dirigea vers la fenêtre.

Elle fit un pas vers lui, mais ne s'approcha pas davantage.

— Cameron, s'il te plaît. Est-ce qu'on peut en parler sereinement ?

Il se retourna, le visage déformé par la colère, avant de reprendre une expression lisse et calme.

— J'ai l'impression que ça ne servirait pas à grand-chose. Ton contrat est signé, n'est-ce pas ?

Elle ne répondit pas.

— Depuis quand es-tu au courant ? lui demanda-t-il froidement.

— Dimanche soir. J'ai reçu l'appel lorsque tu étais au *Fix*. S'ils m'ont appelée un dimanche soir, ça veut dire que c'est déjà joué. Je ne vais pas passer par les ressources humaines. Je vais être l'assistante personnelle de l'un des grands directeurs du studio ! expliqua-t-elle en tentant de lui transmettre son enthousiasme.

— Tu veux dire que tu lui feras son café et que tu apporteras ses vêtements au pressing ? C'est un travail de rêve, en effet, ironisa-t-il.

— Tu n'es pas juste...

— Peut-être.

Il enfouit un instant le visage dans ses mains comme pour essayer de comprendre ce qui était en train de se passer. Lorsqu'il la regarda à nouveau, elle ressentit toute sa colère et tout son mépris.

— Tu le savais avant qu'on aille à Graffiti Park, n'est-ce pas ? Tu l'as dit à Lydia avant de me le dire à moi ?

Elle esquissa un léger signe de tête.

— Et tu avais déjà accepté ?

— Je ne pouvais pas refuser ! s'exclama-t-elle avec une voix qui l'implorait de la comprendre.

Il ne répondit rien et passa directement à la question suivante avec une dureté qu'elle ne lui connaissait pas et qui, se dit-elle, devait être à la hauteur de sa peine.

— Et ton travail ici ? Tu vas les planter ?

Il ne dit pas « comme tu me plantes, moi », mais elle comprit que c'était exactement ce qu'il pensait.

— Je vais le leur annoncer demain matin. Je veux le leur dire en personne. Je veux surtout que mon départ se passe bien.

— *Que ça se passe bien...* Tu parles ! siffla-t-il.

— Cameron...

Il l'interrompit avec un regard noir. Elle aurait tout donné pour qu'il comprenne que c'était une offre à laquelle elle ne pouvait pas renoncer, à quel point elle était fière d'avoir été prise pour ce travail sans que son père, son frère, ni qui que ce soit d'autre, ne tire des ficelles pour elle ou n'intervienne. Elle ne devait sa réussite qu'à elle-même, qu'à sa persévérance.

— Tu pars quand ? lui demanda-t-il d'un ton incisif.

Son estomac se noua. Elle avait l'impression d'être coupable et d'être interrogée par la police.

— Mon avion part mercredi matin.

Elle perçut instantanément l'impact de ses mots. Le visage de Cameron sembla se creuser et son teint devint livide.

— Alors, tu plantes le *Fix* ? L'émission ? Tu ne vas même pas avoir le temps de dire bonjour à Kiki ?

— Je n'ai pas le choix, se défendit-elle.

— Non, bien sûr, tu n'y es absolument pour rien dans tout cela, ironisa-t-il.

Elle ne répondit pas. Ses mots lui faisaient d'autant plus mal qu'ils étaient vrais. Au fond, c'était elle qui avait déclenché ce processus.

Il ferma les yeux un instant et prit une inspiration. Lorsqu'il les rouvrit, son visage redevint plus doux, et quand il fit un pas vers elle, elle sentit son cœur se remplir d'espoir.

— Bébé, pourquoi tu ne m'en pas parlé avant ? demanda-t-il doucement.

— Parce qu'ils avaient besoin d'une réponse tout de suite. Parce que c'est le job de mes rêves. Parce que je savais que tu ne serais pas content pour moi. Et parce que, même si je suis très heureuse d'avoir ce travail, je suis terrifiée à l'idée de te quitter.

Elle essuya une larme.

— Et pourtant, tu me quittes ? Je suis moins important que ce job de rêve ?

Son expression était douce, mais ses mots lui firent l'effet d'un coup de poignard.

— Tu n'as pas idée à quel point c'est une chance pour moi d'avoir été choisie pour ce poste...

— Je ne connais peut-être rien au milieu du cinéma, mais je ne suis pas idiot. Je sais bien que tu feras sûrement plus qu'apporter les cafés et aller au pressing. Mais qu'est-il advenu de ta volonté de faire carrière ? De décrocher des postes de direction ?

— Ne me dis pas quel travail est bon pour moi ! lança-t-elle dans un élan de colère.

— Ce n'est pas moi qui te le dis. C'est toi qui nous le répètes, à Darryl et à moi, depuis des années. Ce que je sais, c'est que tu ne regardes pas la fiche de poste. Si tu le faisais, tu te rendrais compte que tu as déjà un travail de rêve. Tu ne regardes que le lieu...

— Tu veux dire Hollywood ? Le plus grand centre de cinéma au monde ? Oui, bien sûr que je regarde le lieu, fit-elle avec agacement. Et tu sais quoi ? Tu devrais aussi !

— Je devrais... quoi ? Qu'est-ce que tu racontes ? demanda-t-il, craignant sa réponse.

— Ce que je veux dire, c'est que tu ne fais que m'accuser. Mais tu n'es pas condamné à rester à Austin, que je sache ! Kiki vit bien à temps partiel à Los Angeles, non ? Et tu n'as pas encore de travail. Alors, pourquoi tu ne viendrais pas avec moi ?

Cela aurait dû lui venir à l'esprit avant, mais elle avait été tellement obnubilée par la peur de le quitter qu'elle n'y avait pas pensé. Or à présent, cette solution lui paraissait parfaitement logique, et elle se sentit soulagée de l'avoir trouvée.

— C'est vraiment ce que tu veux ?

— Évidemment ! Je n'ai aucune envie de te perdre. C'est une solution idéale. Je suis sûre que tu trouveras un travail rapidement au Getty Center ! répondit-elle avec enthousiasme.

— Et qu'est-ce que tu fais de mon doctorat qui commence à l'automne ?

— Il y a des universités à Los Angeles. Parmi les meilleures, même. Tu peux très bien faire ton doctorat là-bas...

— Mais on n'intègre pas un doctorat si facilement, rétorqua-t-il. J'ai attendu un an après avoir postulé pour être accepté ici. Et ma bourse ? Ce n'est pas comme si j'avais les moyens de m'offrir des universités aussi prestigieuses que l'UCLA ou l'USC, surtout en quittant mon travail.

Mina soupira, dépitée. Kiki paierait, elle le savait. Mais elle savait aussi qu'il n'accepterait jamais. Financer seul ses études était important pour

Cameron, tout comme décrocher un travail sans l'intervention de quiconque l'était pour elle. Si elle comprenait ça, pourquoi ne pouvait-il pas comprendre ce qu'elle ressentait ?

— Alors, qu'est-ce que tu veux ? demanda-t-elle en se laissant tomber dans le fauteuil derrière elle.

C'était une question stupide dont elle connaissait déjà la réponse.

— Je veux que tu restes ici, répondit-il. Je veux que tu gardes ton travail à Austin qui est formidable et où tu as de vraies responsabilités. Je veux que nous soyons un véritable couple et que nous l'annoncions à tout le monde. Je veux dormir avec toi toutes les nuits. *Putain !* Je veux juste être avec toi, Mina ! Et je pensais que c'était ce que tu voulais aussi.

— Oui, dit-elle dans un souffle à peine audible. Mais je veux aussi Los Angeles.

— Alors, il faut choisir, Mina. Parce que, clairement, tu vas devoir renoncer à quelque chose.

— Je sais... admit-elle, laissant couler les larmes qu'elle avait tant bien que mal réussi à contenir jusque-là. Tout ce que je sais, c'est que je veux être avec toi, mais que je suis obligée de partir.

QUATORZE

En ce mardi matin, le ciel était couvert et la journée s'annonçait maussade, à l'image de ce que ressentait Mina.

Même si elle savait qu'elle devait sortir du lit et faire ses bagages, elle ne pouvait que repousser son réveil qui la rappelait à l'ordre toutes les sept minutes.

Au bout de la quatrième fois, elle finit par l'éteindre définitivement et plongea dans un sommeil sans rêves, duquel elle émergea lorsqu'un coup de tonnerre retentit, faisant trembler tout l'appartement tant il était proche.

Elle regarda l'heure et découvrit qu'il était déjà presque dix-huit heures. Elle avait dormi toute la journée !

Lasse, elle sortit de son lit. Son humeur était encore plus grise que le ciel.

Habituellement, elle aimait les violents orages qui éclataient souvent l'été, à Austin. Ils étaient toujours l'occasion de se pelotonner sur son canapé avec une tasse de chocolat chaud et un bon livre. Mais aujourd'hui, cela ne faisait que la déprimer davantage. Plus elle essayait d'oublier Cameron ou son départ imminent, plus elle y pensait.

Bien sûr, Cameron ne connaissait pas le milieu dans lequel elle travaillait, et ses commentaires sur les tâches qui allaient lui être confiées étaient forcément faux. Certes, elle devrait faire quelques cafés et elle irait sûrement une fois ou deux au pressing, mais le plus important, c'était qu'elle allait pouvoir développer son réseau à Los Angeles.

Pourtant, malgré ses certitudes, elle avait demandé à Griffin, la veille, de téléphoner à des gens qu'il connaissait à Hollywood – juste pour s'assurer que son nouveau patron n'avait pas une réputation de pervers qui abusait des femmes ou de ses assistantes, un comportement qui semblait répandu à Hollywood. Elle n'était pas vraiment inquiète. Le travail correspondait exactement à ce qu'elle cherchait et elle était persuadée que son patron serait agréable envers elle.

Mais elle avait beau être convaincue qu'elle irait vers la plus belle aventure de sa vie, elle n'arrivait toujours pas à commencer ses bagages. Elle n'avait pourtant pas besoin de prendre beaucoup d'affaires. Son père se chargerait de lui faire expédier le reste une fois qu'elle aurait trouvé un appartement à Los Angeles. Il ne lui restait plus qu'à se préparer et à aller annoncer la mauvaise nouvelle à son futur ex-patron.

Malheureusement, ce ne serait pas pour aujourd'hui, puisque la journée était déjà terminée.

Elle pourrait éventuellement le lui annoncer au téléphone le lendemain... Bien sûr, ce serait mieux de le voir, mais elle redoutait d'affronter sa réaction, comme elle avait dû affronter celle de Cameron.

Cameron... Elle ne pouvait s'empêcher de penser à lui, alors qu'elle s'était promis de ne plus le faire. Elle voulait se concentrer sur son départ. Elle partait à neuf heures le lendemain matin et elle devait à tout prix se préparer. Une fois dans l'avion, elle aurait tout le temps de penser à lui.

Elle se dirigea dans la salle de bain pour se préparer. Malgré ses bonnes résolutions, elle ne pouvait faire autrement que de ressasser ses sentiments. Elle l'aimait. Elle en était certaine. Mais si elle décidait de rester pour lui, cela voulait dire qu'elle faisait de l'amour une prison. Comment pourrait-elle, alors, continuer de l'aimer sans lui en vouloir ?

Mina ne voulait pas risquer de se retrouver dans la même situation que sa mère, sans le sou lorsqu'elle avait quitté son père. Or, si elle restait pour faire plaisir à Cameron ou en raison de son amour pour lui, tôt ou tard, elle finirait par lui en vouloir. Et il ressentirait la même chose si elle le suppliait de la suivre à Los Angeles – même si c'était pourtant ce qu'elle avait tenté de faire la veille.

Quelle était la solution ? Y en avait-il seulement une ?

Elle ressentit un profond besoin de se confier à son frère, mais elle était prise à son propre piège : comme elle ne lui avait pas révélé sa relation avec Cameron dès le départ, Darryl risquait de lui en vouloir.

Tant pis, ça valait la peine d'essayer. De toute façon, qu'avait-elle à perdre ? Elle avait déjà perdu Cameron – en tout cas, cela risquait d'arriver très vite. Elle était prête à sacrifier sa fierté si ça pouvait lui permettre de le récupérer et de trouver une solution pour concilier sa relation avec lui et leurs projets professionnels respectifs.

Son grand frère avait toujours été là pour elle,

parfois même un peu trop. Mais, ce jour-là, en enfilant son imperméable, elle espérait qu'il l'écouterait, la consolerait et l'embrasserait sur le front en la prenant dans ses bras comme il le faisait si souvent.

—Darryl !

Mina cherchait son frère partout dans la maison familiale. Pour la première fois de sa vie, elle prenait conscience que l'endroit était ridiculement vaste pour trois personnes seulement. À quoi son père avait-il pensé ? Comment pouvait-on retrouver quoi que ce soit dans un tel labyrinthe ?

Elle voulut utiliser le système d'interphone que leur père avait fait installer dans la maison et qui était relié à chaque pièce, mais elle découvrit avec déception qu'il était inutilisable. Darryl et elle avaient passé leur temps à jouer avec lorsqu'ils étaient enfants et avaient fini par le casser. Leur père leur avait dit qu'il ne le ferait réparer que lorsqu'ils seraient enfin adultes. Il devait considérer que cela n'était pas encore le cas... Ou peut-être n'avait-il tout simplement pas pris le temps de s'en occuper.

Quoi qu'il en soit, elle ne savait pas où se trouvait Darryl.

Pourtant, depuis qu'il avait commencé son stage, il finissait tous les jours à dix-sept heures et rentrait directement à la maison, en règle générale. Il lui avait même expliqué qu'une telle régularité était rare dans les professions du droit, mais que le juge pour lequel il travaillait les encourageait lui-même à ne pas passer tout leur temps au bureau. Il aurait déjà dû être rentré...

Peut-être était-il sorti boire un verre avec ses collègues ou faire des courses ? En fait, elle ne se serait pas posé toutes ces questions s'il ne s'agissait pas de son dernier jour à Austin. Darryl savait qu'elle partait le lendemain et elle s'étonnait qu'il ne veuille pas profiter d'elle pour sa dernière soirée.

Inquiète, elle sortit son téléphone et composa son numéro – elle aurait dû y penser avant, le téléphone étant encore le moyen le plus simple de trouver quelqu'un dans cette maison –, mais elle tomba directement sur sa messagerie.

— Bon, marmonna-t-elle. Moi aussi, je peux me la jouer surprotectrice si je veux....

Quelques années auparavant, Darryl avait insisté pour qu'ils installent chacun sur leur téléphone une application GPS leur permettant de savoir où l'un et l'autre se trouvaient en temps réel. « Il est hors de question que je te laisse rentrer le soir après tes cours sans pouvoir savoir où tu es », avait-il prétexté pour la convaincre.

De toute façon, elle faisait suffisamment confiance à son frère pour savoir qu'il n'abuserait pas de l'application et qu'il ne la suivrait pas en permanence. De son côté, c'était la même chose.

Ce jour-là, cependant, elle se dit que la situation était différente et que l'utilisation de l'application était justifiée. Ce n'était pas seulement parce qu'il n'était pas là la veille de son départ ; mais surtout parce qu'elle sentait que quelque chose n'était pas normal. Elle ne savait pas si c'était de la paranoïa ou cette fameuse « connexion » censée exister entre les jumeaux, pourtant elle était certaine qu'il lui était arrivé malheur.

Elle ouvrit l'application et fixa l'écran de son téléphone avec anxiété, attendant que le curseur lui indique où se trouvait son frère. Lorsqu'elle le découvrit, son inquiétude grandit : *Hôpital Dell Seton.*

Même si le plan GPS n'était pas précis, il lui semblait que le curseur était placé au niveau des urgences.

QUINZE

— Je suis désolée, j'aurais aimé pouvoir te donner de meilleurs conseils, déclara Kiki.

Sa voix résonnait à travers le téléphone que Cameron avait mis en mode haut-parleur et posé près de lui.

— Pas de problème.

Il était sur son matelas trop mou, adossé contre le mur de sa chambre dont le blanc avait viré au gris, un peu comme son humeur.

— Je n'aurais pas dû t'embêter avec mes histoires juste avant ton concert, de toute façon. J'aurais dû attendre ton retour, demain.

— De ce que j'ai compris, elle sera déjà en Californie quand j'arriverai ?

— Oui, soupira-t-il, son front contre ses genoux.

— Cameron ? Ça va ?

— Oui... Je suis triste, c'est tout. Comment vous arrivez à gérer tout ça, Noah et toi ?

— Quoi ? Nos emplois du temps de dingue, tu veux dire ? Je te mentirais si je te disais que c'est facile, mais nous respectons les impératifs de chacun, même si, au fond, notre priorité reste l'autre. Nous tenons tellement l'un à l'autre que, même loin, tout le reste a moins d'importance à nos yeux : le travail, le quotidien... même toi, petit frère !

Il savait qu'elle disait cela pour le faire sourire, mais il se sentait encore plus triste en entendant à quel point sa sœur et son beau-frère semblaient amoureux.

— C'est tout ce que je veux, en fait, répondit-il.

— Alors, dans ce cas, pourquoi n'es-tu pas en train de faire des valises pour Los Angeles ?

— Tu penses que je devrais ?

— Non. Mais je ne dis pas non plus que tu ne devrais pas. Tu es le seul à pouvoir prendre cette décision.

— À quoi ça me sert d'avoir une sœur aînée si tu ne prends pas les décisions à ma place ? plaisanta-t-il.

— À rien ! répondit-elle en riant. À part peut-être à t'envoyer des SMS idiots au moins une fois par semaine et à t'offrir des cadeaux pourris à Noël ?

— Rien qu'à ça, vraiment ? Mince, je croyais qu'il y avait plus d'avantages.

— Des concerts gratuits, aussi...

Il sourit, puis soupira tandis que ses pensées le ramenaient inexorablement au problème de Mina.

— En fait, je crois que j'ai peur que ce ne soit que dans un sens, reprit-il. J'ai peur de la suivre là-bas et de passer toujours après sa carrière. D'être toujours celui qui devra faire les compromis.

— Elle est en train de réaliser un rêve, Cameron, lui expliqua doucement Kiki. Tu ne peux pas le lui reprocher. La question que tu dois te poser est : que ferais-tu à sa place ? Est-ce que tu serais prêt à renoncer à ta carrière pour une femme ?

— Honnêtement, je ne sais pas. Tout ce que je sais, c'est que je veux me réveiller à côté d'elle tous les jours. Je veux regarder des films avec elle le soir et m'exaspérer en entendant ses critiques de pro sur les films qu'on aura vus. J'ai envie de la voir se parler à elle-même quand elle cherchera ses clés tous les matins. Je veux une vraie histoire, Kiki ! Et ce qui me fait le plus peur, c'est que le fait qu'elle parte signifie qu'elle ne veut pas *vraiment* être avec moi.

— Dans ce cas, tu viens de répondre à ta question.

— Quoi ? s'étonna-t-il en regardant son téléphone comme s'il s'agissait de sa sœur.

— Oui, idiot ! Si c'est vraiment ce que tu veux, alors ne reste pas à Austin. Bouge-toi les fesses, sors de ta zone de confort, et suis-la en Californie !

---

Darryl n'avait presque rien, à part quelques égratignures sur le mollet et une légère commotion cérébrale, mais cela n'apaisa pas Mina pour autant.

— Tu te rends compte que j'aurais pu te perdre ! répéta-t-elle pour la centième fois. Qu'est-ce que je ferais sans toi ?

Cette simple pensée lui donnait envie d'éclater en sanglots. Perdre Darryl. Perdre Cameron. C'était trop. Elle se consolait en se raccrochant à son frère comme elle pouvait, jouant la mère poule.

Dès qu'ils arrivèrent chez eux, elle le fit s'étendre sur le canapé du salon avec un sac de glace sur la tête, un coussin chauffant sur la jambe et un grand bol de glace sur un plateau devant lui.

— Je vais bien, Mina... protesta-t-il à nouveau. Même si je suis très content que ce petit bobo me donne droit à autant de crème glacée !

— Ce n'est pas drôle, le reprit-elle sévèrement.

Qu'est-ce que tu fabriquais à vélo, sous la pluie, d'abord ?

— Il ne pleuvait pas quand je suis sorti après le travail. C'était juste couvert.

— Quand même !

— Très bien, fit-il en soupirant d'un air contrit. Je promets, dorénavant, de ne faire du vélo que lorsqu'il y aura un grand soleil et que des oiseaux qui parlent notre langue me suivront pour m'aider en cas de besoin, ça te va ?

— Enfin, Darryl ! s'insurgea-t-elle. Tu te rends compte qu'une voiture t'a percuté ? Tu aurais pu mourir ! Et puis, c'est complètement inconscient de prendre la route avec un téléphone déchargé.

Elle n'avait pas pu le joindre, car son téléphone était tombé en panne de batterie quelques instants après que le conducteur qui l'avait renversé l'eut conduit aux urgences pour une visite de contrôle. Une fois à l'hôpital et le constat d'accident rempli, Darryl avait assuré à l'automobiliste qu'il allait bien et qu'il pouvait partir.

Ce n'était qu'à ce moment-là qu'il avait voulu prévenir Mina et qu'il avait découvert que son télé-phone était déchargé. Il avait alors pensé à demander aux infirmières de prévenir sa sœur, mais elles n'eurent pas à le faire, puisque Mina était finalement arrivée.

— Je t'ai déjà dit que je ne m'en étais pas aperçu ! Je ne sais plus qui de nous deux avait insisté pour installer cette appli GPS, mais il faut bien reconnaître que c'était une riche idée, non ? lança-t-il d'un air goguenard.

— Arrête de plaisanter.

Elle était en larmes.

— Mina, reprit-il doucement. Je suis sincèrement désolé de t'avoir fait peur. Mais regarde, je n'ai presque rien ! Bien sûr, ça aurait pu être pire, mais ce n'est pas le cas ! Et puis, tout peut arriver à n'importe quel moment, même en marchant dans la rue...

— Je sais. Tu as raison, répondit-elle en séchant ses larmes. Je suis juste...

Elle s'interrompit et s'assit au pied du canapé en prenant soin d'éviter sa jambe, puis elle attrapa un mouchoir sur la table basse afin de se moucher.

— Juste... fatiguée d'une longue journée ? demanda-t-il pour essayer d'en savoir plus.

Elle renifla, puis leva les yeux vers lui.

— Qu'est-ce que tu veux dire ?

Il pencha la tête comme s'il réfléchissait à sa réponse.

— Tu déménages à Los Angeles demain. Tu

quittes ton frère, tes amis, ton stage... ce ne doit pas être facile, j'imagine ?

— En effet, répondit-elle, l'image de Cameron envahissant son esprit.

Elle prit une profonde inspiration et se résolut à parler à son frère.

— Écoute, j'ai bien réfléchi, et je ne suis pas...

Elle s'arrêta, la tête tournée vers le hall d'entrée. De là où elle se trouvait, elle ne voyait pas la porte, mais elle entendait distinctement le code de déverrouillage.

— Papa ? demanda-t-elle en fronçant les sourcils avant de se tourner vers Darryl.

Il haussa les épaules pour dire qu'il n'en savait rien. Alors qu'elle était sur le point de se lever pour aller voir s'il s'agissait de son père, la voix de Cameron la précéda.

— Darryl ! Est-ce que tu connais le numéro de vol de ta sœur ? Elle n'est pas chez elle. Je dois prendre mon billet pour demain et... Oh...

Il s'interrompit en entrant dans le salon, en apercevant Mina assise près de Darryl.

Elle se leva et s'approcha de lui sans même s'apercevoir que Darryl observait chacun de ses mouvements.

— Salut ! fit-elle.

Elle s'attendait à ce que Cameron lui dise bonjour de la même manière, mais au lieu de ça, il prit son visage entre ses mains et l'embrassa si profondément qu'elle eut l'impression qu'elle allait fondre.

— ... et je sors avec ta sœur ! lança-t-il à Darryl lorsqu'il eut terminé de l'embrasser.

— J'espère, sinon il va falloir t'inscrire à un cours de savoir-vivre... Ton accueil pourrait être considéré comme légèrement exagéré s'il ne s'agissait pas de ta copine, plaisanta Darryl.

— Qu'est-ce que tu fais ici ? lui demanda Mina.

Elle avait l'impression de flotter à cinq mètres au-dessus du sol.

— J'étais venu dire à Darryl que je te suivais à Los Angeles. Je trouverai du travail là-bas – peut-être au centre de recherche – et je referai une demande de doctorat dès que possible. Je suis sûr que tout va bien se passer.

Mina lui prit la main, de peur de s'envoler encore plus haut. Elle était plus heureuse qu'elle ne l'avait jamais été.

— C'est vrai ? lui demanda-t-elle avec un large sourire.

— Oui ! s'exclama-t-il. J'y ai réfléchi et...

— J'ai décidé de rester, l'interrompit-elle.

— Quoi ? Euh... mais, pourquoi ?

Elle le fit asseoir sur le canapé et prit place sur ses genoux.

— Que t'est-il arrivé ? demanda Cameron à Darryl en remarquant les égratignures sur sa jambe tendue.

— Une voiture m'a renversé, répondit Darryl avec un signe de la main pour indiquer que ce n'était pas important. Mais on s'en fout ! Je veux savoir pourquoi elle reste !

— Oui, c'est vrai... fit Cameron en regardant Mina. Pourquoi ?

— Parce que je ne veux pas te perdre. Parce que je ne veux pas que tu aies à sacrifier ne serait-ce qu'un an de tes études pour que je puisse poursuivre à Los Angeles un rêve que je peux tout aussi bien réaliser à Austin.

— Tu ne veux plus aller vivre là-bas ? insista-t-il en la serrant plus fort contre lui.

— Je me dis que la vie là-bas doit être formidable. Mais chez moi, c'est ici, avec toi, avec Darryl, avec nos amis. J'ai une vie ici et je veux en profiter. Avec toi.

Elle déposa un baiser sur ses lèvres.

— Et puis, quand tu auras terminé tes études, tu

trouveras peut-être un travail en Californie, ajouta-t-elle avec un clin d'œil.

— Je te promets de postuler dans toutes les entreprises qu'il y a là-bas, répondit-il en riant.

— Tu étais vraiment prêt à aller vivre en Californie pour moi ? demanda-t-elle.

— Il n'y a pas grand-chose que je ne ferais pas pour toi...

— Tout cela est très touchant, intervint Darryl. Mais qu'est-ce que tu fais de ton travail là-bas ? Tu vas refuser ?

— C'est déjà fait. Je leur ai envoyé un e-mail. De toute façon, ajouta-t-elle en se tournant vers Cameron, je n'avais pas encore démissionné de mon stage ici. À cause de lui et de son fichu accident ! plaisanta-t-elle en désignant son frère. C'est une bien meilleure opportunité, avec plus de responsabilités que je n'en aurais eues à Los Angeles. Tu avais raison, j'aurais probablement passé mes journées à apporter des cafés et des costumes au pressing pour un connard qui m'aurait traitée comme une merde et virée à la moindre occasion.

— Sauf que tu sais que ce n'est pas le cas, dit Cameron.

Mina sentit son cœur accélérer. Griffin lui avait assuré, quelques heures auparavant, que le patron pour lequel elle allait travailler était formidable. Comment Cameron était-il au courant ?

— C'est vraiment un excellent directeur, reprit Cameron. Bien sûr, tu vas devoir lui apporter quelques cafés — j'avais raison à ce sujet —, mais ses anciennes assistantes écrivent maintenant des scripts, produisent des films, créent des émissions de télévision... Tu es certaine de vouloir tourner le dos à tout ça ? lui demanda-t-il en fronçant les sourcils.

Les larmes aux yeux, Mina se pencha vers lui et l'embrassa à nouveau.

— Oui. J'en suis certaine. Je sais qu'un jour, j'irai à Hollywood, mais quand j'aurai plus d'expérience, avec un CV plus étoffé qui me permettra de ne pas passer par la case café et pressing. Et puis, dans quelques années, j'aurai aussi un meilleur réseau ici, à Austin. Alors, tout sera plus facile. En tout cas, ma décision est prise. Je reste, conclut-elle en le regardant droit dans les yeux. Je t'aime, Cameron Reed...

— Je t'aime aussi, chérie.

— Comment as-tu eu toutes ces informations sur le directeur pour lequel je devais travailler ?

— Par Griffin. Il est venu me voir en me disant que, s'il était à ma place, il voudrait savoir qui était le gars et si on pouvait lui faire confiance.

— Mais attends... répondit Mina d'un air dubitatif. Je ne comprends pas. Pourquoi « s'il était à ta place » ?

— Probablement parce que je lui ai dit que vous sortiez ensemble, répondit Darryl avec un grand sourire.

Mina resta bouche bée.

— Attendez…. Quoi ?

— C'est sorti tout seul… s'excusa Darryl. Quand je parlais avec lui du travail que tu fais pour lui. D'ailleurs, il pense que tu iras loin…

— « Sorti tout seul » ? Mais comment tu as su que Cameron et moi étions ensemble ?

— J'ai une commotion cérébrale, mais je ne suis pas aveugle ! lança-t-il en riant. Je le sais depuis des lustres. Pourquoi pensez-vous que Zach n'est finalement pas venu à ma fête ? Je lui ai dit que ma sœur n'était plus un cœur à prendre et j'ai l'impression qu'il ne m'a pas jugé suffisamment intéressant pour venir quand même.

— Ça ne te dérange pas ? demanda Cameron. Ce n'est pas *bizarre* ?

— Vous êtes tous les deux *bizarres*. Mais vous êtes aussi les deux personnes auxquelles je tiens le plus. Au moins, maintenant, je n'ai plus peur de voir l'un de vous deux se mettre en couple avec quelqu'un de nul… Juste une remarque, ajouta-t-il en les regardant l'un et l'autre. Fermez la porte à clé quand vous baisez. J'ai encore mal aux yeux !

— Imbécile ! lui dit Mina en lui lançant un coussin à la figure.

— Je t'aime, Minette, dit-il tendrement à sa sœur.

— Je t'aime aussi, tête de bite.

— Bon, fit Darryl avec sa dérision habituelle. On peut donc officiellement considérer que vous êtes réconciliés ?

Mina regarda Cameron d'un air interrogateur.

— Oui, dit-il.

— Oui, confirma-t-elle.

— Parfait. Dans ce cas, allez vous envoyer en l'air et laissez-moi tranquille, lança Darryl en prenant la télécommande sur la table basse. Il y a un film que je ne veux surtout pas rater !

Mina prit Cameron par la main et le conduisit à son appartement.

SEIZE

Cameron regardait Mina dans les yeux tandis qu'il la pénétrait, doucement, profondément. Il voulait que ça dure longtemps, que ça ne finisse jamais.

Elle était à lui. Et, il pouvait le dire à présent, il était à elle. Pleinement. Complètement. Pour toute une vie.

Il n'arrivait toujours pas à croire qu'elle ait décidé de rester – encore moins qu'elle ait décidé de rester pour lui. Mais en regardant dans le fond de ses yeux, il perçut tout l'amour qu'elle ressentait pour lui et il sut que tout cela était bien réel.

— Jouis en même temps que moi, murmura-t-il, tout son corps brûlant d'une passion si forte qu'il sentit qu'il était sur le point de jouir.

— Je t'aime, souffla Mina, la tête légèrement

penchée en arrière tandis qu'elle se cambrait pour le sentir encore mieux.

Le son de sa voix lui fit perdre tout contrôle. Submergé, il explosa en elle, l'emportant avec lui dans une vague de plaisir intense. Ils jouirent ensemble et elle se comprima autour de sa queue, tandis que ses ongles s'enfonçaient dans son dos. Ils se serrèrent de plus en plus fort l'un contre l'autre, jusqu'à ne former plus qu'un.

Épuisé, Cameron roula à côté d'elle et lui prit la main.

— Je t'aime, murmura-t-il.

— Je sais, répondit-elle. Je t'aime aussi.

Elle reprit son souffle quelques instants, puis se redressa.

— J'ai quelque chose pour toi, annonça-t-elle.

— Ah bon ?

Il la regarda sortir du lit, puis se diriger, nue, vers sa commode. Elle ouvrit un tiroir et se retourna.

— Je l'ai vidé, lui dit-elle. C'est le tien. Je me suis dit que tu pourrais laisser quelques affaires, pour les fois où tu dormiras ici et pas dans ta coloc miteuse...

— Un si grand appartement et je n'ai le droit qu'à un seul tiroir ? dit-il en faisant mine de se plaindre.

— J'essaye de ne pas aller trop vite, plaisanta-t-elle en haussant un sourcil.

— Nous nous connaissons depuis toujours, Mina... Il n'y a pas de *trop vite* qui tienne ! répondit-il en riant.

Elle revint vers le lit, s'assit à côté de lui et glissa la main sur son sexe.

— Tu marques un point... Dans ce cas, montre-moi de quoi tu es capable et je te ferai de la place aussi dans mon placard, ajouta-t-elle en le défiant du regard.

Il la fit tomber sur le lit, puis s'allongea sur elle.

— Je relève le défi, murmura-t-il... Et au fait, ajouta-t-il tandis qu'elle se frottait contre lui, j'adore mon tiroir...

En ce mercredi après-midi, Cameron était dans le bureau du *Fix* en train de passer en revue les derniers détails avec Nolan, Tyree, Brooke et Jenna.

— Je veux juste m'assurer que le fait que Nolan diffuse mon passage dans *Wood Matin* ne pose pas de problème. Ça ne risque pas de créer un conflit d'intérêts avec votre émission ? demanda-t-il à Brooke.

— Pas du tout ! J'ai vérifié avec les producteurs après que Nolan a mentionné qu'il ferait peut-être de la publicité pour le bar dans son émission. C'est parfait.

— Et plus il y a de publicité pour le bar, mieux c'est, ajouta Jenna.

— Je suis d'accord, confirma Tyree.

— En parlant de ça, continua Cameron, Kiki a demandé à son manager, et tant que vous signez tous les formulaires qu'il envoie par e-mail, vous pouvez également diffuser des extraits de son concert. Toi aussi, ajouta-t-il en direction de Nolan, qui acquiesça avec un large sourire. D'ailleurs, Kiki et Noah devraient être ici d'une minute à l'autre.

— Les grands esprits se rencontrent, lança soudain Kiki en entrant dans le bureau, se dirigeant tout droit vers Cameron. Tu m'as tellement manqué, lui dit-elle en le serrant dans ses bras.

Ensuite, elle alla embrasser Tyree.

— Il y a tellement longtemps que je ne t'ai pas vu, lui dit-elle avec un grand sourire. Au fait ! Je ne vous ai pas présentés, ajouta-t-elle en se retournant vers les deux hommes qui se tenaient sur le pas de la porte.

Noah était accompagné de Damien Stark, que Cameron n'avait vu qu'une ou deux fois chez sa sœur et son beau-frère. Damien était un ancien champion de tennis devenu multimilliardaire grâce à des affaires et des placements fructueux, dont la fortune et les aventures le propulsaient souvent, ainsi que sa femme Nikki, en couverture des journaux à scandale.

— Tyree, tu connais mon mari, Noah, fit Kiki en se plaçant à côté de lui. Et voici son patron, ajouta-t-elle en désignant Damien.

— Et ami, précisa ce dernier.

— Et ami ! confirma Kiki en riant. Damien Stark.

— Très heureux de vous rencontrer, déclara Damien au groupe qui se trouvait dans la pièce, avec une assurance qui donnait l'impression qu'il était le propriétaire de l'établissement.

D'ailleurs, pensa Cameron, Damien pourrait devenir actionnaire du *Fix*. Cela résoudrait les difficultés financières de l'établissement. Mais il savait que Tyree refusait catégoriquement l'idée de vendre son bar. C'était justement pour cette raison qu'il avait lancé cette élection de l'homme du mois : pour faire de la pub et lui permettre d'augmenter le chiffre d'affaires sans avoir à vendre ses parts, ni celles de ses associés.

— Je suis très impressionné par tout ce que vous faites pour augmenter votre chiffre, déclara Damien. Et je suis vraiment impatient d'assister à cette fameuse élection de l'homme du mois ce soir ! J'ai entendu dire que celle du mois dernier était un immense succès... ajouta-t-il en regardant Cameron d'un air ironique.

— Je suis prêt à tout pour satisfaire mes fans !

Sa sœur leva les yeux au ciel en riant.

— N'écoute pas mon frère, lança Kiki à Damien. C'est un idiot ! Au fait, j'ai vu Mina en entrant. Elle a dit que je devais te donner ça, ajouta-t-elle en allant faire un bisou à son frère.

Ce n'était pas grand-chose, mais Mina pensait à lui et Cameron sentit instantanément son cœur se réchauffer.

— Si jamais vous avez des idées pour *Le Fix*... lança Tyree à Damien. Vous avez construit un empire en partant de rien, alors je suis prêt à suivre à la lettre tous vos conseils.

On devait poser cette question à Damien au moins une centaine de fois par jour, mais il n'en montra rien et répondit avec bienveillance à Tyree, en citant les différentes mesures qui avaient été mises en place au *Fix* pour augmenter sa clientèle et, donc, son chiffre d'affaires.

— Pour être honnête, je ne vois rien à ajouter, déclara Damien.

— Ouah ! s'exclama Tyree. Je ne savais pas que vous aviez pris le temps d'examiner toutes les

choses que nous avons faites. Merci beaucoup, Damien.

— C'est surtout Kiki qu'il faut remercier, répliqua l'homme d'affaires en regardant la sœur de Cameron.

— Déformation professionnelle, lança Kiki avec modestie. J'ai travaillé dans le marketing pendant des années et Damien et moi parlons la même langue, alors je lui ai parlé du *Fix*...

— Plaisanterie mise à part, reprit Damien, je pense que vous faites exactement ce qu'il faut faire. Il n'y a que l'appel aux dons que vous n'avez pas mis en place, et d'ailleurs, si vous décidez de vous y mettre un jour, je serai le premier à faire un don !

— Non, je veux qu'on s'en sorte par nous-mêmes, répondit Tyree.

— Je comprends, fit Damien en hochant la tête avec approbation.

— En fait, il y a peut-être une chose que vous pourriez faire pour nous, déclara Jenna en s'avançant d'un pas, un peu intimidée.

— Je vous écoute, répondit Damien.

— Participer au concours ! intervint Brooke en riant. Vous auriez beaucoup de succès.

— Je crois que ma femme ne serait pas particuliè-rement ravie... objecta Damien.

— Nikki est là en ce moment ? demanda Kiki.

— Non. Elle voulait vous voir jouer ce soir, mais elle m'a envoyé un SMS ce matin pour me dire que notre baby-sitter était malade. Elle doit rester pour s'occuper de nos filles.

— Dommage. J'aurais été contente de la voir, depuis le temps ! Mais excuse-moi, ajouta-t-elle en s'adressant à Jenna. Qu'est-ce que tu voulais dire ?

— Beverly ne se sent pas très bien, reprit Jenna. Elle m'a dit qu'elle viendrait si on ne trouvait personne pour la remplacer, mais je me dis que Damien serait parfait dans ce rôle, non ?

Pour la première fois, Damien sembla un peu déstabilisé. Les autres, en revanche, le regardèrent comme s'ils trouvaient l'idée de Jenna formidable.

— Euh... pardon, balbutia Damien. Mais je dois la remplacer pour quoi, exactement ?

———

Comme Cameron participait à l'élection qui avait lieu ce soir-là, Brooke et Spencer dirent à Mina que non seulement elle n'avait pas à travailler, mais qu'elle n'en avait pas le droit. Elle fut donc dispensée de filmer et elle put assister à l'élection depuis une table avec Darryl, Noah et Damien.

Noah et Damien constituaient une compagnie de choix, mais Mina se sentait un peu intimidée, surtout depuis que Kiki avait quitté la table pour monter sur la scène, sous des applaudissements tonitruants.

Tyree monta à son tour, tendant la main en direction du public et remerciant les gens d'être venus si nombreux.

— J'espère que vous apprécierez ce concert surprise, lança-t-il.

Les applaudissements redoublèrent.

— Et c'est une double surprise, ajouta-t-il lorsque le calme revint. Vous vous attendiez sûrement à voir Beverly Martin animer l'élection de ce soir, mais elle ne se sent pas très bien et sera remplacée par une star que vous connaissez tous. Non, ce n'est pas moi !

Tyree s'interrompit en laissant retomber les éclats de rire.

Mina était impressionnée par la façon dont il s'adressait au public. Elle savait qu'il avait longtemps dirigé des hommes dans l'armée, mais un public, c'était entièrement différent.

— Mesdames et messieurs, je vous demande d'accueillir comme il se doit un homme qui, je l'espère, n'a plus besoin d'être présenté : Monsieur Damien Stark !

Mina vit Taylor, qui s'occupait de l'éclairage, déplacer un projecteur au niveau de leur table. Damien se leva et salua le public, sous une avalanche de flashes et d'applaudissements.

Il se dirigea ensuite vers la scène sans paraître déstabilisé par le tapage ni les feux de la rampe. Une fois sur scène, il leva les mains dans une vaine tentative pour faire cesser les applaudissements. Après quelques secondes, constatant qu'ils ne diminuaient pas, il s'empara du micro et prit la parole :

— Merci au *Fix*, merci à vous tous, de m'accueillir ce soir. Je suis Damien Stark et j'ai le plaisir d'animer cette soirée.

Il fit une pause pour laisser la place aux applaudissements, puis reprit son discours, présentant Kiki et racontant au public qu'elle s'était souvent produite sur cette même scène avant que son groupe, Pink Chameleon, ne se reforme.

— Merci à eux de s'être réunis et de nous offrir un répertoire aussi magnifique, lança-t-il en la regardant. Je crois que le groupe donne un concert à San Antonio demain, mais Kiki nous a fait le plaisir de venir interpréter une nouvelle chanson ce soir, seule avec sa guitare. Mesdames et messieurs, je vous demande d'accueillir sous un tonnerre d'applaudissements Kiki King !

Mina était impressionnée par l'aisance avec laquelle Damien parlait au public, étant donné que ce n'était pas un exercice auquel il était habitué.

La scène fut alors plongée dans l'obscurité et un projecteur éclaira l'endroit où Kiki était assise devant un micro, sa guitare à la main. En la découvrant, Mina eut le souffle coupé. Bien sûr, elle connaissait la sœur de Cameron depuis toujours, mais ce soir-là, elle la trouva superbe.

Lorsque Kiki se mit à chanter, l'émotion envahit toute la salle, en particulier lorsqu'elle se tourna vers son mari, Noah, au moment du refrain.

*Tu es le bien, tu es le mal,*
*Le mâle de ma chanson, de ma vie,*
*L'homme qui me connaît, qui me parle,*
*Chéri, sans compromis,*
*Aime-moi, je t'en prie.*

À côté de Mina, Darryl semblait subjugué. Quant à Noah, il regardait sa femme avec émotion et admiration. Mina se retourna pour essayer de croiser le regard de Cameron, mais il était en coulisses avec les autres participants et elle n'aperçut que ses cheveux.

Lorsque Kiki quitta la scène sous des applaudissements enthousiastes, Mina se dit qu'elle aurait aimé pouvoir exprimer ses sentiments et ses émotions d'une manière aussi belle.

Stark revint sur scène et reprit le micro. Il semblait sincèrement ému et s'adressa à Kiki qui était retournée s'asseoir à la table avec Mina, Darryl et Noah.

— Quelle émotion ! Merci. Je pense que ma femme va...

Il s'interrompit et regarda en direction de la porte d'entrée du bar. Mina lança un regard interrogateur à Noah, qui haussa les épaules pour signifier qu'il ne comprenait pas ce qu'il se passait.

Il se leva alors, en même temps que Darryl, et tous regardèrent vers l'entrée du bar.

Mina n'était pas assez grande pour voir au-dessus de la foule, mais elle comprit ce qu'il se passait en découvrant le sourire amusé de Noah et le regard rempli d'amour de Damien. De toute évidence, Nikki Fairchild Stark avait réussi à trouver une baby-sitter de remplacement.

Pendant quelques secondes, Damien regarda sa femme avec un sourire silencieux.

— Madame Stark, lança-t-il en direction de

Nikki, désignant une place vacante non loin de Mina. Votre table vous attend...

Mina avait entendu les rumeurs. Apparemment, Damien avait proposé à Nikki, qui portait alors le titre de Miss Texas, un million de dollars si elle acceptait de poser nue pour lui. Elle ne savait pas si c'était vrai et si leur histoire avait réellement débuté de cette manière, mais en voyant Nikki s'approcher, les yeux rivés sur Damien, elle comprit immédiatement que l'amour qui unissait ces deux-là était parfaitement sincère.

— Bien, reprit-il. Je crois qu'il est temps que je laisse place au spectacle pour lequel vous êtes tous venus ce soir.

Nikki s'assit à sa place et expliqua à Noah et Kiki qu'elle avait finalement trouvé une baby-sitter.

— Généralement, je n'aime pas utiliser le jet privé pour moi toute seule, mais je ne voulais pas rater cette soirée, déclara-t-elle. Et puis, ça me fait plaisir de vous voir. Vous êtes tout le temps sur la route, ça devient rare ...

Elle se tourna ensuite vers Darryl et Mina.

— Enchantée, je suis Nikki, leur dit-elle avec un large sourire.

— Je crois que nous avions compris, répondit

Mina en riant avant de se rendre compte qu'elle avait peut-être été maladroite.

— Je sais et je suis désolée, répondit Nikki amusée – ce qui rassura Mina. C'est le prix que je paye pour être mariée avec lui, ajouta-t-elle en désignant Damien. Tout le monde me connaît...

C'était probablement vrai, pensa Mina, mais d'après l'expression de Nikki, elle semblait penser que son mari en valait largement la peine.

— Je suis Darryl, et voici ma sœur Mina. Enchanté !

— Mina est la petite amie de Cameron, expliqua Kiki.

— Ah ! Il participe à l'élection, n'est-ce pas ? réagit Nikki. Ça va être drôle !

Kiki acquiesça en souriant et Mina se sentit heureuse d'être si bien entourée pour assister au spectacle lorsque Damien fit entrer les onze premiers candidats sur scène.

— Il garde le meilleur pour la fin, lança-t-elle fièrement à ses voisins de table.

— Et maintenant, annonça Damien, je vous remercie d'applaudir le dernier candidat à l'élection de Mister Mars : Cameron Reed !

Cameron fit son entrée, aussi à l'aise que s'il était chez lui. Il portait un jean et une chemise que Mina utilisait pour dormir, car il manquait quelques boutons et que les poignets étaient légèrement élimés. Ce n'était pas celle qu'elle aurait choisie pour un concours de ce genre, pensa-t-elle, mais il devait avoir ses raisons...

Équipé d'un casque à micro, Nolan était accroupi au pied de la scène, une caméra à la main. Mina se promit de vérifier sa page Facebook après le spectacle.

— Mesdames, je sais que je suis censé dire quelque chose pour vous convaincre de voter pour moi. Mais la vérité, c'est que je n'ai qu'une seule chose à dire et je veux le dire à une seule femme ce soir.

*Oh, non...*

Darryl lui décocha un coup de coude tandis que tous les autres, à leur table, la regardaient en souriant. Nolan pointa sa caméra directement sur elle. Morte de honte, Mina se sentit rougir.

Cameron pointa un doigt vers elle et se déhancha comme un strip-teaseur, ce qui la fit rougir encore davantage.

— Mina Silver, je t'aime, déclara-t-il en ouvrant sa chemise pour découvrir ses abdos. Et je t'appartiens...

Lorsque sa chemise fut entièrement déboutonnée, un autre message écrit au rouge à lèvres apparut sur son torse : « Mina ».

— Moi aussi, je t'aime ! cria-t-elle, déclenchant les hurlements et les applaudissements du public.

Puis la musique retentit, Cameron quitta la scène et les acclamations redoublèrent. Cinq minutes plus tard, il rejoignit Mina et la serra contre lui, recouvrant son chemisier de rouge à lèvres.

— Je t'aime, murmura-t-elle en se blottissant dans ses bras. Au fait, j'ai un cadeau pour toi.

— Ah bon ? demanda-t-il, surpris, mais content.

Elle attrapa son sac à main et en sortit un objet plat enveloppé dans du tissu.

— Je n'ai pas eu le temps de faire un vrai papier cadeau, s'excusa-t-elle.

Cameron écarta le tissu et découvrit avec un immense sourire la photo encadrée de son graffiti, sur le mur de Graffiti Park.

*Mina + Cameron pour toujours.*

— Je voulais l'immortaliser, déclara-t-elle. Maintenant, même s'ils démolissent le parc, nous garderons ce message pour toujours.

— Est-ce que tu sais à quel point je t'aime ? demanda-t-il, ému.

— Non, mais tu peux me le dire.

Il regarda autour de lui, comme s'il essayait de

trouver les bons mots. Puis il fit un signe de tête en direction de la scène où Nikki et Damien étaient en train de parler, exprimant un amour si fort, si évident, qu'il semblait supérieur à n'importe quel autre.

— Tu vois ces deux-là ? lança Cameron. Ils ont l'air de s'aimer, mais ce n'est rien comparé à ce que je ressens pour toi.

Elle leva les yeux vers lui et plongea dans son regard.

— Ni à ce que, moi, je ressens pour toi, ajouta-t-elle avant de se blottir dans les bras de l'homme qui était à la fois son passé et son avenir, qui connaissait ses peurs et ses rêves.

Avec Cameron, elle n'avait plus peur de rien, car elle savait que, quoi qu'il advienne, ils y feraient face ensemble.

# ÉPILOGUE

Shelby Brooke regardait Nolan qui se tenait sur scène aux côtés de Cameron Reed, le nouveau Mister Mars.

— Non seulement notre Mister Mars est absolument magnifique, mais en plus, il a de très bons goûts en matière de femmes ! déclara-t-il.

La brune à laquelle Cameron s'était adressé un peu plus tôt rougit à nouveau et Shelby comprit qu'il y avait quelque chose entre eux. Mais c'était à peu près tout ce qu'elle savait. Surtout parce qu'elle n'avait pas du tout prêté attention à l'élection.

Elle était venue ce soir-là au *Fix* pour une seule raison : surprendre à son tour Nolan dans le jeu de séduction que l'un et l'autre avaient amorcé depuis des semaines.

Elle serra les cuisses en se remémorant toutes les choses qu'il lui avait faites. Le genre de choses dont elle n'avait jamais imaginé être capable, mais qu'elle avait adorées, elle devait bien l'admettre.

Elle savait qu'il pensait avoir le dessus et qu'il ne la croyait pas capable de pouvoir le surprendre. Aussi était-elle déterminée à faire de son mieux et à se surpasser. Elle voulait à tout prix reprendre la main...

Elle appela une serveuse et lui remit un message plié en trois à l'attention de Nolan, accompagnée d'un pourboire de vingt dollars.

— Pouvez-vous remettre ce mot à Nolan lorsqu'il sortira de scène, s'il vous plaît ? Il faudrait aussi lui dire qu'il doit le lire tout de suite, c'est important, insista-t-elle.

— Bien sûr, répondit la fille qui s'empressa de passer aux autres clients pour prendre leurs commandes.

Shelby se leva en sachant qu'elle allait perdre sa table, mais cela lui était égal. Il ne lui restait plus qu'une chose à faire, puis elle pourrait partir.

Un peu vacillante sur des hauts talons, elle se dirigea vers les toilettes des dames. Pour mener à bien son plan, elle avait besoin d'intimité... Elle s'enferma quelques instants et se prépara, impatiente que Nolan découvre sa surprise.

Elle quitta les toilettes, consciente que tous les regards se tournaient vers elle et le décolleté plongeant qui révélait la dentelle de son corset.

Comme elle l'avait espéré, Nolan avait lu la note. Il l'attendait au bout du bar, la mine soucieuse.

— Shel ? Qu'est-ce qui se passe ? Tu vas bien ? demanda-t-il en regardant son décolleté.

— Tout va bien. J'ai quelque chose pour toi, ajouta-t-elle en fouillant dans son sac et en lui tendant une boule de tissu froissé.

Juste après lui avoir donné sa culotte en dentelle rouge, elle passa devant lui en direction de la sortie, se retenant de regarder en arrière pour savoir si Nolan la suivait ou s'il était toujours debout au milieu du *Fix*.

*J'ai repris la main !* pensa-t-elle.

---

**Envie d'en découvrir plus ? Continuez à lire pour un extrait du prochain tome de la série *L'Homme du mois*...**

## Chapitre Un

— *BONJOUR, Austin !* beugla Nolan dans le micro, imitant Robin Williams avec brio. Il est six heures du matin, c'est mercredi, et si vous pensiez vous être levés suffisamment tôt pour éviter les embouteillages, vous êtes encore plus timbrés que moi. C'est de la folie dehors, mais ce n'est pas grave, parce qu'ici aussi, c'est de la folie. Vous pouvez compter sur moi pour rendre votre trajet un peu plus dingue, que vous traversiez la rue ou la ville tout entière.

Actionnant un levier sur sa table de mixage, il déclencha le générique de *La Quatrième Dimension* puis il se pencha en empruntant une voix grave à la Rod Serling :

— Bienvenue dans la dimension entre la comédie et la bêtise, entre l'humour et l'idiotie. C'est ça, les amis. Je suis votre animateur préféré, Nolan Wood, et vous écoutez...

Il marqua une pause pour un petit effet théâtral tandis que son producteur, Connor, augmentait la réverbération du son, avant de rappeler le nom de son émission :

— ... *Wood Matin.*

Il était resté debout en parlant – ce n'était que six heures du matin, mais Nolan était toujours plein d'entrain avant une émission et il y mettait toute son énergie, le pas sautillant –, mais il se laissa retomber sur son fauteuil à roulettes. Il recula vers la paroi de son petit studio vitré tandis que Connor déclenchait l'effet sonore intitulé *Satisfaction*, petit jingle que Nolan avait concocté : des applaudissements allaient crescendo tandis qu'une voix de femme comblée susurrait : « Oh, Nolan ! »

Puis on enchaînait avec le générique de l'émission, qui se terminait par l'annonce enregistrée par l'une des voix iconiques de la station : « Vous écoutez *Wood Matin* sur K-I-K-X Austin, *kicks FM*, au 96.3. Musique classique, mais aucune classe, avec Nolan Wood. »

Dans une cadence aussi fluide qu'un rapport

sexuel langoureux, Nolan reprit le micro, tout son corps vibrant d'énergie alors qu'il retrouvait son rythme de croisière :

— Debout, les campeurs, c'est une belle matinée de mai. Le soleil brille. L'herbe est verte. Les oiseaux chantent. Et il y a un bouchon monstre sur Mo-Pac en direction du sud, près de la sortie Ouest. Sortez le plus tôt possible, parce que ce n'est pas joli-joli. Si vous n'avez aucun itinéraire alternatif, eh bien, j'espère que vous aimez votre tableau de bord, parce qu'à part le coffre de la voiture de devant, vous ne verrez rien d'autre tant que vous n'aurez pas quitté cette autoroute de l'enfer. Pour rester dans le thème, je vous propose *Highway to Hell* d'AC/DC. Ça va vous réveiller et tout ira mieux, vous verrez.

Aussitôt, Connor enchaîna avec le morceau annoncé et Nolan leva les yeux en souriant.

— Bon sang, j'adore ce job.

— Tant mieux, rétorqua Connor. Parce que je n'en voudrais pour rien au monde.

Il baissa les yeux vers le carnet jaune qui n'était jamais très loin.

— Ensuite, c'est la pub, puis qu'est-ce que tu veux faire ? Les questions/réponses ? Les actus-tout-nu ? Rencontres en direct ?

C'était l'une des raisons pour lesquelles Nolan

adorait travailler avec Connor. Le dernier producteur de Nolan insistait toujours pour qu'il établisse son planning à l'avance. Mais quand Connor était arrivé, neuf mois plus tôt, Nolan lui avait dit que l'émission serait plus dynamique si on lui lâchait la bride. Il s'attendait à essuyer un refus, mais l'ancien surfeur californien longiligne s'était contenté de hausser les épaules en répondant qu'il accepterait tout ce que proposerait Nolan, tant qu'il savait ce qui était au menu.

Honnêtement, si Connor avait une paire de seins, Nolan aurait posé un genou à terre et il l'aurait demandé en mariage sur-le-champ. Au lieu de ça, il avait invité son nouveau producteur à boire un verre dans son bar local préféré, *Le Fix*, puis ils avaient échangé des histoires tout en buvant avec exubérance dans ce rituel immuable par lequel les hommes se liaient d'amitié depuis l'aube des temps.

Quant au mariage, de toute façon, ça n'aurait pas marché. Gail, la femme de Connor depuis cinq ans, n'aurait jamais approuvé leur union. Cela dit, on ne sait jamais. Contrairement à l'ex de Nolan, Gail avait un sens de l'humour affûté.

Frustré, Nolan secoua la tête pour chasser Lauren de ses pensées.

— On fera Viens-je-t'emmène, proposa-t-il en

faisant référence au nouveau jeu qu'il avait conçu tout récemment.

Connor produisit un grognement guttural.

— Hors de question. On doit attendre le feu vert de Mannie là-dessus. Il craint que tu ailles trop loin avec les blagues sur les orgasmes.

Pour l'essentiel, le directeur général de la station, Manuel Ortega, laissait une grande liberté à Nolan. Mais de temps à autre, il focalisait sur un concept en particulier et rechignait à lui donner son accord.

— C'est un jeu sur le thème du voyage, protesta Nolan.

Ce n'était pas tout à fait vrai. Ou plus précisément, pas du tout.

— Alors, tu ne vas pas choisir le gagnant en fonction du candidat qui réussit le mieux à simuler l'orgasme ? Du genre, viens je t'emmène faire un tour, chérie ?

— Bon, optons pour les actus-tout-nu, alors... proposa Nolan, adressant à son ami son sourire le plus charmeur afin d'éviter la question. J'ai envie de me montrer un peu.

Connor sourit en secouant la tête, feignant l'exaspération tout en cherchant son téléphone. Quand Nolan avait suggéré de diffuser des vidéos en direct sur les pages de la station sur les réseaux sociaux,

Connor était dubitatif. Mais la première fois qu'ils avaient essayé – Nolan avait improvisé derrière le micro, comme à son habitude –, l'audimat avait crevé le plafond et le standard était resté saturé pendant des heures.

Connor, qui n'était pas mauvais perdant, était arrivé au travail le lendemain avec une liste de propositions à intégrer dans la programmation de Nolan. Quand il avait suggéré les actus-tout-nu, Nolan lui avait tapé sur l'épaule, écrasant une fausse larme, et avait dit à son ami qu'il était aussi fier qu'un jeune papa.

À présent, Nolan apportait devant lui l'élément-clé de cette partie de l'émission : la photo d'un bain moussant imprimée sur du contre-plaqué. Puis il retira son t-shirt et s'assit tandis que Connor positionnait le téléphone sur un trépied, à un angle de quatre-vingt-dix degrés par rapport à l'accessoire.

Nolan portait un pantalon de jogging ce matin. Pour plus d'effet, il retroussa une jambe de son survêtement afin de dévoiler son mollet gauche, se déchaussa d'un coup sec et posa le pied sur le rebord en bois de la fausse baignoire. Ainsi, il était trop loin de son micro habituel, mais ils en avaient installé d'autres aux quatre coins du studio. Il attrapa celui qui se trouvait au-dessus de lui, l'abaissant au niveau du décor de fortune, puis il s'empara du journal.

À trois secondes de la fin des publicités, Nolan était enfin en place. Dès le jingle, il intervint, annonçant au public qu'il était temps de passer aux choses sérieuses avec les actus-tout-nu.

— On lave la crasse pour garder le noyau dur de la vérité. Et on le fait en direct live, ajouta-t-il, aussitôt soutenu par un tonnerre d'applaudissements – l'un des nombreux bruitages pré-programmés de l'émission.

Il tourna la tête vers la caméra alors que le streaming commençait. Les auditeurs qui ne se trouvaient pas derrière le volant – et malheureusement, certains d'entre eux aussi – pouvaient désormais se connecter à la page de la station sur les réseaux sociaux et regarder un Nolan en apparence nu comme un ver et assis dans un bain moussant, une jambe au bord de la baignoire et un journal ouvert devant lui. Évidemment, le papier demeurait miraculeusement sec.

Entre autres, la station avait pour mandat d'informer les auditeurs des nouvelles locales, et même si le département des actualités assurait dans ce domaine, Connor épluchait le quotidien *Austin American-Statesman* tous les matins, puis il faisait un compte-rendu à Nolan au moment de leur réunion préalable à l'émission. Immanquablement, il trouvait dans les actualités du jour matière à détournement et à plaisanteries.

Aujourd'hui ne faisait pas exception. Il avait trouvé son bonheur dans un article sur la société de conseil à laquelle la ville avait fait appel pour peser le pour et le contre dans l'acquisition éventuelle de propriétés historiques du centre-ville, afin de les préserver en les transformant en musées et salles de conférence.

— Ces types devraient savoir que l'alcool, ça préserve ! À ce compte, la 6ᵉ Rue est sans doute la rue historique la mieux préservée du pays. Qu'est-ce qu'ils veulent de plus ? Puisqu'on en parle, je vous propose de remporter deux billets pour le concert de Pink Chameleon à San Antonio. Dans un peu plus d'un mois.

Posant les mains sur les accoudoirs de son fauteuil, hors de vue du public, il se hissa afin de montrer son torse nu au-dessus des fausses bulles. En même temps, Connor appuya sur un bouton, déclenchant la voix grave et suave d'une femme :

— Ooooh, Nolan ! Tu es si fort, si costaud ! Parle-moi encore !

— Avec plaisir, dit-il, souriant à la caméra avant

de se rasseoir sur son fauteuil, s'immergeant dans les bulles factices.

D'habitude, Connor s'assurait qu'il ait au moins cinq sujets d'actualité à aborder. Cependant, aujourd'hui, le deuxième sujet de la liste avait refroidi Nolan et il avait complètement zappé les trois derniers. Voilà pourquoi Connor était troublé que l'animateur évoque les billets de concert si tôt dans l'émission, contrairement à leur programmation habituelle.

Dommage, parce que maintenant, Nolan manquait de sujets.

— Pink Chameleon a décroché un magnifique Grammy et le concert s'annonce démentiel. La chanteuse, Kiki King, est une fille d'Austin, et je suis sûr qu'elle sera contente d'être de retour au Texas pour ces deux nouvelles dates dans leur tournée entre Dallas et San Antonio. Alors, comment remporter les billets ? Le premier à m'appeler avec le nom original de la rue historique d'Austin, la 6ᵉ, sera notre heureux gagnant.

Il accepta plusieurs appels, étonné par les réponses fantaisistes des participants.

— Ceux-là ont sans doute débarqué avec la grande migration des Californiens, dit-il à la caméra.

Mais le sixième candidat avait la bonne réponse,

*Pecan Street.* Nolan sortit un vieux klaxon de voiture de sa boîte à accessoires, le brandit au-dessus de la baignoire et pressa la boule en caoutchouc pour célébrer la victoire du joueur.

— Et voilà... dit-il.

C'était le signal indiquant à Connor que cette partie de l'émission touchait à sa fin. Mais le producteur de Nolan lui fit signe de continuer les actus-tout-nu parce qu'il rencontrait un petit souci technique derrière son panneau de contrôle.

*Oh, merde.* Même si Nolan était parfaitement à l'aise dans son rôle de joyeux improvisateur, mêlant bavardages et actualités avec fluidité, le seul article qu'il avait retenu dans le résumé du jour abordait un sujet auquel il n'avait aucune envie de penser et encore moins d'évoquer à l'antenne.

Mais il n'avait rien d'autre à dire, à moins de feuilleter le journal en direct pour piocher un article au hasard. Bien sûr, c'était hors de question. Nolan devait accepter d'aborder la nouvelle sur son ex-femme Lauren et son fabuleux nouveau mari... ou bien risquer un long silence en pleine émission.

Et pour Nolan, un silence en direct était tout bonnement impensable.

*Et puis, zut,* songea-t-il. Ni une ni deux, il

plongea dans les eaux froides et profondes de l'humi-
liation.

— Cette prochaine info est presque une annonce
d'utilité publique. Ceci est un rappel important, les
amis, attention de manipuler les journaux avec
précaution. On ne sait jamais quand les mots
peuvent vous sauter dessus sans prévenir. Comme ce
matin. Vous voyez ?

Il désigna son cou.

— Une trace de morsure. De grosses dents bien
pointues. Vous savez, comme on en trouve uniquement chez les animaux sauvages et les ex-femmes.

Connor leva la tête, les sourcils froncés. Nolan
n'était pas étonné. Il avait vingt-deux ans quand
Lauren et lui s'étaient séparés après six mois plutôt
chaotiques. À présent, il en avait vingt-neuf et il
pensait rarement à elle. Il n'avait pas pour habitude
de la mentionner en passant. Même pendant leurs
marathons de beuverie entre hommes.

— Avec son sénateur de mari – oui, je parle de
l'un de nos chers sénateurs des États-Unis représen-
tants du Texas –, elle est en ville pour plusieurs
événements, notamment une réception tenue hier
soir à la résidence du gouverneur. J'espère qu'il y
avait des sculptures de glace. Ce serait dommage de

ne pas profiter de ces ondes glaciales propres aux ex-femmes, pas vrai ?

Il avait l'intention de s'arrêter là, mais sa bouche continua de sa propre initiative.

— Plus sérieusement, je leur souhaite le meilleur. Bien sûr, elle disait toujours que même mon meilleur à moi n'était pas suffisant. Vous savez quoi ? Elle se trompait. C'est vrai, quoi, regardez-moi maintenant.

Il indiqua la fausse baignoire d'un geste de la main avant de se hisser à nouveau pour désigner son torse, parfaitement conscient que toutes les femmes bavaient devant sa musculature.

— Nu *et* à la radio. Enfin, sérieux, est-ce qu'il existe mieux que ça ? Alors, tu sais quoi, bébé ? Voilà ce que j'ai à te dire.

Il se tourna en brandissant son majeur. Au même moment, Connor se jeta sur la caméra pour l'éteindre quelques secondes avant que *cette* image ne soit diffusée en direct. Malgré ça, Nolan savait que Mannie se fâcherait.

L'instant d'après, dans un pur élan de génie comme il en avait le secret; Connor manipula les commandes et coupa le micro de Nolan, enchaînant avec les accords tonitruants de *How Do You Like Me Now* de Toby Keith.

— Putain, c'est parfait, souffla Nolan.

— Qu'est-ce que tu nous as fait ? rétorqua Connor. Je t'avais mis en garde sur cet article, tu ne devais pas mentionner que la femme du sénateur avait aussi été la tienne.

— Crois-moi, ça n'en valait pas la peine.

Connor plissa les yeux comme s'il essayait de déterminer si Nolan était sérieux.

Il l'était.

— Elle était magnifique, et moi, j'étais jeune et stupide. Mais ça n'a jamais vraiment collé entre nous. C'était une pauvre petite fille riche qui ne s'intéressait qu'à son image. Elle voulait que sa vie, et tous ceux qui la composent, soient absolument parfaits. Quand on était ensemble, je la prenais pour une princesse. Et il m'a fallu un moment pour prendre conscience qu'elle me considérait comme un vilain crapaud.

Avant de le quitter, elle lui avait dit qu'elle avait pris leurs corps-à-corps torrides et ses multiples orgasmes pour de l'amour, mais qu'elle s'était trompée. Qu'il n'était qu'un coup de folie pour elle, et qu'elle s'était bien amusée, mais qu'elle avait besoin d'un homme capable de devenir quelqu'un et qu'elle n'aurait jamais dû l'épouser. Apparemment, son idée du Prince Charmant ne correspondait pas à un type qui avait abandonné le lycée et qui gagnait le salaire minimum en tant que documentaliste et opérateur de radio à temps partiel pour une petite station en bande AM à une cinquantaine de kilomètres d'Austin.

Il secoua la tête en essayant de chasser Lauren de son esprit.

— Ça va mieux maintenant. Je traîne avec d'autres crapauds. Quant aux princesses...

Il laissa sa phrase en suspens et haussa les épaules en pensant à toutes les femmes splendides qui le draguaient pour son statut de célébrité locale.

— Je les mets dans mon lit, avoua-t-il.

Bien sûr, Connor le savait déjà. Et Nolan faisait en sorte qu'aucune femme avec laquelle il couchait ne s'en aille insatisfaite ou mécontente de son manque d'ambition sexuelle.

— Mais je ne cherche rien de sérieux.

Il avait déjà joué le jeu. Hors de question de recommencer.

Je ne crois pas aux relations, mais je crois à la baise.

Pourquoi, me demandez-vous ? Bon sang, je pourrais écrire un bouquin. *Petit Guide vers le succès financier, émotionnel et professionnel.* Mais franchement, pourquoi s'embêter avec un livre alors que la thèse entière se résume à cinq mots : Ne vous engagez pas. Baisez.

Écoutez-moi bien.

Les relations, ça prend du temps, et quand vous essayez de lancer votre société, vous devez consacrer chaque heure de votre vie au travail. Vous pouvez me croire. Ça fait quelques mois que mes amis et moi avons créé Sécurité Blackwell-Lyon, et nous bottons des culs vingt-quatre heures sur vingt-quatre et sept jours sur sept. Missions, réunions, et développement d'une solide base de clients.

Nos engagements s'avèrent payants. Je vous garantis que notre tableau de service ne serait pas aussi bien rempli si je passais une grande partie de mon précieux temps de travail à répondre aux messages d'une petite amie qui manquerait de confiance et me demanderait pourquoi je ne lui envoie pas de sextos toutes les dix minutes. Alors, zappez les relations amoureuses et vous verrez vos affaires prospérer.

Et puis, les coups d'un soir n'exigent pas de cadeaux ni de fleurs. Un verre et un dîner, peut-être, mais de toute façon, il faut bien manger, non ? Un déjeuner gratuit, ça n'existe peut-être pas, mais on peut très bien baiser à l'œil.

En fait, ce sont les avantages émotionnels qui m'intéressent le plus. Pas besoin de marcher sur des œufs parce que madame est d'humeur casse-pied. Pas de piège parce qu'elle exige de savoir pourquoi j'ai préféré la soirée poker au dernier mélo à l'eau de rose avec un acteur métrosexuel bronzé coiffé d'un chignon. Pas d'inquiétude à se demander si elle se tape un autre type quand elle ne répond pas à ses messages.

Et surtout, finis les gouffres abyssaux de chagrin

quand elle rompt vos fiançailles deux semaines avant le mariage parce que, tout compte fait, elle ne sait plus trop si elle vous aime.

Non, je ne suis pas amer. Plus maintenant.

Mais je suis lucide.

La vérité, c'est que j'aime les femmes. Leur rire. La sensation de leur corps. Leur parfum.

Je prends mon pied en leur procurant du plaisir. Quand elles se liquéfient dans mes bras et me supplient de leur en donner plus.

Je les aime, certes. Mais je ne leur fais pas confiance. Et je ne me ferai pas baiser une seconde fois.

Pas comme ça, en tout cas.

Alors voilà. C.Q.F.D.

Je ne fais pas dans les relations. J'ai des histoires d'un soir. Je mets un point d'honneur à offrir à chaque femme qui partage mon lit l'aventure de sa vie.

Mais c'est un chemin à sens unique et je ne reviens pas en arrière.

C'est ma façon de faire. J'ai arrêté les relations il y a longtemps.

Alors, quand je me gare devant le Thym, ce nouveau restau à la mode dans le quartier huppé de Tarrytown, à Austin, et que je remets mes clés au voiturier, je m'attends à la procédure habituelle. Des bavardages sans conséquence. Quelques apéritifs. Un peu trop d'alcool et l'adrénaline qui l'accompagne. Puis un saut dans mon appartement du centre-ville pour un peu d'action en milieu de semaine.

Or, au lieu de ça, je tombe sur *elle*.

Achetez ici: Nos adorables mensonges

BLACKWELL-LYON SÉCURITÉ
Nos adorables mensonges
Nos drôles de jeux
Nos belles erreurs
Nos plus beaux rôles

# À PROPOS DE L'AUTEUR

J. Kenner (alias Julie Kenner) est une auteure de best-sellers internationaux figurant aux classements des journaux *New York Times*, *USA Today*, *Publishers Weekly* et *Wall Street Journal*. Elle a écrit plus d'une centaine de romans, de romans courts et de nouvelles dans toutes sortes de genres littéraires.

Selon *Publishers Weekly*, JK est une auteure qui a un « don pour le dialogue et la création de personnages excentriques », et le *RT Bookclub* estime qu'elle a su « répondre aux besoins du marché en créant des antihéros scandaleusement attirants et dominateurs, et des femmes qui fondent pour eux. » Six fois finaliste de la prestigieuse récompense RITA (*Romance Writers of America*), JK a remporté son premier trophée RITA en 2014 pour son roman *Claim Me* (tome 2 de sa trilogie *Stark*) et le second en 2017 pour son roman *Wicked Dirty*. Elle a vendu des millions de livres, publiés dans plus de vingt langues.

Au cours de sa précédente carrière, JK a exercé

comme avocate en Californie du Sud et au Texas. Elle vit actuellement dans le centre du Texas, avec son mari, ses deux filles et deux chats plutôt lunatiques.

Visitez son site web www.juliekenner.com pour en savoir plus et pour entrer en contact avec JK sur les réseaux sociaux !

www.jkenner.com